張曼娟
·唐詩學堂·

讓我們看雲去

張曼娟——策劃
張維中——撰寫
謝祖華——繪圖

十年一瞬間——學堂系列新版總序

張曼娟

常常在演講的時候，遇見一些年輕的讀者，他們從容自在的聆聽，意會的頷首，耐心等待著我為他們的書簽名，而後，像是要傾訴一個祕密那樣的靠近我，微笑著對我說：「曼娟老師，我是讀著【○○學堂】長大的。」【奇幻學堂】、【成語學堂】或是【唐詩學堂】就這樣被說出來，說的時候，帶著對於童年與成長的溫柔依戀。

啊！這一批孩子們已經長大了啊，他們看起來，都是很好的成年人了。也許不是念文學相關科系的，可是，他們一直保持著對於文字的敏感度，對於人情世故的理解。

「老師什麼時候要為我們這些小孩子寫書呢？」到現在，我依然能聽見最

初提出這個請求的那個女孩，對我說話的聲音。

而我確實是呼應了她的願望，開始創作並企劃一個又一個學堂系列。以【奇幻學堂】為起點，我和幾位優秀的創作者：張維中、孫梓評、高培耘與黃羿瓅反覆的開會討論著，除了將古代經典的寶庫傳承給孩子，更想與他們一同走在成長的路上，不管是喜悅或失落；不管是相聚與離別，都是生命的課題，都那麼貴重，應該要被了解著、陪伴著，成為孩子心靈中恆常的暖色調。

這樣的發想和作品，獲得了許多家長、老師的認同，更令我們感到欣喜莫名的是，孩子們的真心喜愛。於是，接著而來的【成語學堂Ⅰ】、【成語學堂Ⅱ】和【唐詩學堂】也都獲得了熱烈回響。

十年之後，那個最初提議的女孩，化成許多個大孩子與小孩子，來到我的面前，與我微笑相認。讓我們知道，當初不只是古典新詮，更是探討孩子成長中各種情境的系列作品，有著這樣深刻的意義。

也是在演講的時候，常有家長詢問：「我的孩子考數學，演算題全對，但是一到應用題就完蛋了，他根本看不懂題目呀。到底該怎麼辦？」這是發生在許多成績優秀的孩子身上的悲劇。

「中文力」不僅能提升國語文程度，而是提升一切學科的基礎，這已經是陳腔濫調了。中文力，不僅是閱讀力，還有理解力與表達力。能不能看懂考題，在考試時拿高分，固然重要。然而，更大的隱憂卻是，應付考試，得到高分的歲月，只占了短短幾年，孩子們未來長長的人生，假若沒有足夠的理解與表達能力，他們將如何面對社會激烈的競爭？如何與他人建立良好的人際關係？這樣的擔憂與期望，才是我們十年來投入許多心血與時間，為孩子創作的初衷。

我們感知到孩子無邊無際的想像力，在成長中不斷消失，於是創作了【奇幻學堂】；察覺到孩子對成語的無感，只是機械式的運用，於是創作了【成語學堂】；發現到孩子對於美感和情感的領受，變得浮誇而淺薄，於是

創作了【唐詩學堂】。

十年，彷彿只在一瞬之間，許多孩子長大了，許多孩子正在成長，我們仍在創作的路上，以珍愛的心情，成為孩子最知心的陪伴。

目次

序

創作緣起

荒島的錦囊

張曼娟

「如果有一天，漂流到一座荒島，你有一個袋子，裡面只能裝三本書。那你要帶哪三本呢？」幾個小學生環坐我身邊，十分認真的問問題，十分認真的抄筆記，他們臉上那股太過認真的神情，讓我忍不住想胡鬧。

於是我問：「我會不會獲救呢？」

啊！幾個孩子面面相覷，有的說「會」，有的說「不會」，意見相當分歧。

我只好趕快拉回主題，像他們一樣認真的回答問題：「我想，我會帶一本形音義字典。」

「為什麼帶字典呢？」

「因為我可以慢慢的認識每一個中文字，它們為什麼長得這個樣子？為什麼是這個意思？為什麼要讀成這個音？每個中文字都是一個故事，或是一幅圖畫，我們平時太忙了，沒時間好好了解。如果到了荒島，每天認識一個字，想像一

個字的故事和身世，就不會無聊了啊。」

「第二本呢？」

「我會帶一本唐詩選，也許是《唐詩三百首》，也許是更有趣的詩選。如果是短短的絕句，一天就能讀完，如果是長一點的律詩，能讀個兩、三天呢。只要讀一首唐詩，就能把我送到完全不同的另一個地方。我會忘記了自己在荒島，忘記了生活多無聊。」

「那，第三本呢？」

「第三本是《荒島求生手冊》啦！」我說著，大笑起來。孩子們也笑了。

是的，在漂流到荒島的小小錦囊中，我一定要帶上一本唐詩選。那是我幼年時，啟蒙的最初讀物。當我還不識字的時候，母親一字一句教我背誦，許多意思我其實根本不理解。奇妙的是，每當背誦完一首詩，看待世界的眼光竟起了變化——黑夜裡被月光照亮的山，有著那樣柔美的輪廓；春天裡被風吹散的桃花，有著那樣優美的弧度；湖水在陽光下閃動，像許多隱藏著祕密的眼睛——我感覺到一種莫名的感動或感傷，緩緩在心中膨脹起來。多年以後才明白，這就是美感的體驗啊。

二〇〇五年，我成立了【張曼娟小學堂】，堅持將「讀詩」納入課程中，為的也就是要帶給孩子美感的啟發。他們用一首詩扣問人世，整個世界以龐大的聲音、氣味、色彩、光影來回應。於是，孩子被觸動了，他想要理解、詮釋、表達、創作，用著詩人的眼睛與心靈。

自二〇〇六年開始，與親子天下展開了一系列合作，從【張曼娟奇幻學堂】、【張曼娟成語學堂I】到【張曼娟成語學堂II】，非常幸運的是，我們擁有最優秀的創作與發行團隊，不斷尋找新的模式及創意，每一本書的呈現都如此亮眼動人。更幸運的是，這一系列的作品，獲得許多肯定與認同，家長、老師和孩子們，真心喜歡這些好聽的故事。每一次的好成績，都使我們得到極大的鼓舞，一定要為孩子寫出嶄新的好故事，並且，還能把古老的經典融合其間。我想，這也是最大的艱難與挑戰。

這一次，我們挑選的主題是盛唐詩人及著名詩作，如何能與全新故事結合？相當有經驗的四位寫作者，用整整一年的時間，共同完成了【張曼娟唐詩學堂】。

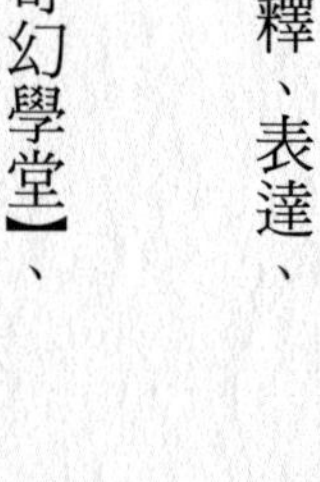

高培耘的《詩無敵》，寫的是李白與小男孩小光的宿世情緣；張維中的《讓我們看雲去》，則是未來世界的雲仔遇見了王維；孫梓評的《邊邊》中，胖胖的英雄勇闖大漠，風沙中邂逅了岑參、高適與許多邊塞詩人；黃羿瓅的《麻煩小姐》則以懸疑的題材，重現杜甫的光焰萬丈長。

就這樣，算是完整勾勒出盛唐詩歌的版圖。浪漫派的李白、社會寫實派的杜甫、自然田園派的王維、孟浩然，以及邊塞詩人與詩作特有的豪氣干雲。

古典詩並不只是苦苦背誦的教材而已；並不只是《唐詩三百首》中排列的人名與五言、七言而已，經過四位作家令人驚喜的想像、高度的創作技巧，每一首詩都有體溫，每一位詩人仍那樣熱切的抒情。

而漸漸長大的孩子，終會發現，哪怕從不出海，人生也會有某些「荒島時刻」，感覺自己被放逐，那樣孤單無助。這時候，他們也許會想起隨身攜帶的錦囊，小小的錦囊中有微微發亮的詩，當他輕輕誦讀，便聽見了鳥語，嗅聞到花香，整個世界露出溫柔的微笑。

謹序於二〇一〇年　又見白露　臺北城

人物介紹

雲仔

生活在二〇三〇年的十三歲男生。是個思想早熟，多愁善感的中學生。愛好讀詩，充滿想像力，渴求同儕的陪伴。他的身世有些未解之謎，與母親相依為命。因為在西安認識的好朋友阿立意外身亡，導致原本就內向的個性更加封閉，進而有些輕微的憂鬱症狀，直到遇見杰哥才逐漸敞開心胸。

阿立

雲仔在西安認識的好朋友。雖然相識時間只有一個夏天，卻相互知心。阿立因為一場意外不幸身亡。他雖然離開了世界，卻仍活在雲仔心中，成為雲仔默默傾訴心事的對象。

杰哥

從唐朝使用「時間筆記本」來到二〇三〇年的唐朝詩人王維，字摩詰，對雲

仔自稱為「杰哥」，以隱瞞自己的真實身分。因為看見雲仔的性格和經歷，彷彿見到過去年少的自己，因此穿越時空，想要運用詩的力量，默默幫助雲仔走出情緒的陰霾，並帶領他成長。

毛筆先生

本來只是一支杰哥專用的毛筆，在時空的變遷下，逐漸產生靈性。在杰哥無法穿越時空幫忙雲仔時，毛筆先生就會現身。個性有點古板，不太能接受新潮的事物，但心地善良又喜愛小孩。

阿倍君

杰哥的好朋友。本尊是唐朝時代，從日本前往長安留學的日本人阿倍仲麻呂。跟杰哥一樣，在雲仔的面前沒有透露真實身分。

蒙面怪客（時間監視員）

負責監視具有穿越古今能力的人，是否會做出破壞既定歷史和時空規則的管理者。基本上不贊成不同時空的人相互接觸，認為將造成歷史錯亂，甚至改變了歷史的因果，因此會巡查與阻止這項行為。

雲仔媽媽

獨力撫養雲仔長大，從雲仔有記憶開始，每一年總會帶雲仔到日本一回，和所謂的「日本叔叔」見面。希望雲仔能到日本居住，徹底轉換環境而改善雲仔的憂鬱症狀，但又充滿不捨骨肉分離的矛盾。

日本叔叔

雲仔媽媽口中，住在日本的「老朋友」。在日本的大學中文系裡教書，研究中國古詩詞。他和雲仔媽媽在雲仔面前，製造了一個自以為完美的謊言，其實，

在雲仔心中，一直隱隱約約的知道事實的真相。

悠仁君

「日本叔叔」的兒子，約二十歲左右。原本雲仔對他存有距離感，但隨著杰哥改變雲仔的個性以後，雲仔漸漸和他成為好友。

第一章

筆記本的祕密

返景入深林，復照青苔上

臺北本來是雨季的，卻又回到雪季。
淡水，有一半的地方，
幾乎都被蓋在雪堆之下了。

雨終於停了。

這場雨，連續下了將近一個月，沒有一天停過，終於在傍晚放晴了。

媽媽說，這種一下起雨來，就連續下一個月的天氣，在二十多年前，我還沒有出生的年代，是從來沒有過的狀態。

真的嗎？我有點難以想像。

十三歲的我，自從有記憶以來，天氣就是這樣的。

要不是連續三個月一場雨也不下，要不就是連續下三個月的雨。所以，這

次只下了一個月就放晴，我反而替地球擔心了起來。

學校裡上了年紀的老師總愛跟我們說，地球快要毀滅了。

我並不知道以前的世界是什麼樣子，因此，在老師眼中地球快要毀滅的跡象，我覺得都是常態。

媽媽也說，以前臺北是不會下雪的。

這我也很難想像。

六月降下幾場雪以後，七月初放晴了幾天，接下來就是雨季。

我以為一直就是這樣的。

原來不是。

「在媽媽比雲仔還要小的年紀時，天氣不是這樣的。」媽媽說。

那是在這趟來日本的前夕，那晚，媽媽坐在書桌前，用電腦看老照片時，跟我這麼聊起來。

媽媽總愛用電腦看照片。如果是我的同學看到了，可能會覺得落伍。畢竟，現在誰還用電腦看照片呢？戴上立體眼鏡以後，都能置身於照片當中的世界了。

可是，我不覺得媽媽落伍。相反的，我覺得她很酷。媽媽總保有自己的風格。我覺得她不是不知道有其他的方法，可是，她就是想要這麼做。

很酷的，我的媽媽。

「很多事情從前都不是這樣的。」

媽媽看著螢幕，忽然喃喃自語起來。

照片上閃過一個男人的面孔。那是在媽媽的口中，日本的好朋友。

是個懂得說中文的日本人。

從我小時候開始，每一年，我們總會來日本一回。每一次，都會跟照片上的這個叔叔見面。見面的時候，叔叔對我很好，對媽媽也很好。可是，離開日本以後，像是凋謝的櫻花，得等到第二年才會再出現。

偶爾，我就是在這樣的夜裡，從媽媽的電腦螢幕上才能看見他。

我們跟他完全沒有血緣關係。

「是媽媽年輕時認識的好朋友。」媽媽這麼告訴我。

我有時候會偷偷的想，如果叔叔是我的爸爸，應該不錯。可惜，叔叔有自

己的家庭。他的小孩我見過一次，比我大一點，是個很帥氣的日本男生。

好吧，我承認我也有幻想過，我就是那個帥氣的男生。並不是我想要變帥，而是，如果我真的是他的話，那麼我的爸爸自然就是叔叔了，不是嗎？

我和媽媽在每一年的春天，日本櫻花季的時候都會來日本。

但是這一次，春天才剛來過，暑假時我們卻又來了。

「為什麼呢？」

媽媽做出決定時，我不解的問她。

「帶雲仔去散散心哪！」媽媽說。

我聽了很不好意思。媽媽這麼為我著想，我希望自己能趕快振奮起精神來。不必靠吃藥也能快樂過生活。

可是沒有想到，本來媽媽帶我來關西是想去環球影城的，結果從抵達的那一天起，雨，就這樣不停的瘋狂下著，從白天到夜裡，沒有一秒停過。

看新聞說，本來該是雨季的臺北，卻又回到雪季。淡水，有一半的地方，幾乎都被蓋在雪堆之下了。

我愛吃的淡水阿給，該不會變成雪花冰了吧？

這一刻，我終於相信，地球好像真的快要毀滅了。

所幸，雨，終於在傍晚停了。

媽媽還在睡午覺，我走出小木屋，往夕陽的方向走去。

好稀奇的陽光。

這一次，媽媽租的小木屋，是在奈良的郊區，從前沒有來過的地方。對大自然總是充滿好奇的我，覺得可以住在半山腰上，而後面就是一片小樹林，是一件很幸福的事。

我散步著，走進了那片安靜的小樹林。

夕陽反照的光芒，從樹枝篩落，映照在石階的青苔上。

看著這一幕，我突然停下腳步。

不知道為什麼，明明天空已經放晴了，樹林裡因為落日的照耀，也不那麼陰暗，可是，剎那間我卻難過起來。

是因為想到了你吧？親愛的阿立。

突然，我聽見有人接近的腳步聲。

「是誰？」

但周遭沒有任何人。

「空山不見人，但聞人語響。返景入深林，復照青苔上。」

明明沒有人，我卻聽見了人的腳步以及朗讀的聲音。

此刻，我其實並不懼怕，反而好奇，這個人唸的句子是什麼意思？

「你說什麼？這是什麼意思？」

我對著樹林裡的空氣大喊著。

「你其實已經體會到了，不是嗎？」

我一轉身，看見一個人佇立在我身後。很溫柔的聲音。

是個大哥哥。我猜，大約十八或十九歲，或者更大一點。

「明明沒有人的深山林裡，卻聽到了人的說話聲。黃昏的餘暉照進樹林裡，映射到地上石階的青苔，這，不就是你此刻體會到的嗎？因為那麼美的景象，所以你才盯著地上看到出神，很開心，不是嗎？」他說。

「才不是！你又不懂我在想什麼。」

我因為自己的心情被簡化了、扭曲了，而有點生氣。

「喔，我懂了。你看著樹林裡一點點的陽光，卻反而對比出整個樹林的黑暗，心情就不好了。你發生了什麼很難過的事情，對吧？誰離開了你？」

返景入深林，復照青苔上。

光芒，原來不一定是帶來溫暖的。

我愣愣的看著他，不知道該說些什麼。因為，他確實把我心底，無法整理的、難以說出口的感覺，說出來了。

「請問你是誰？你是日本人嗎？」

我忽然想起，我現在人在日本。

大哥哥燦爛一笑，沒有回答。

他轉過身離開，走了幾步以後，回過頭來，對著依然站在原地的我揮了揮手，示意我跟上前去。

親愛的阿立，你一定不敢相信，就在西元二〇三〇年的七月盛夏，雨後放晴的黃昏，這一天，我遇見了誰。

【穿梭古今讀原詩】

〈鹿柴〉　王維

空山不見人，但聞人語響。
返景入深林，復照青苔上。

【毛筆先生來翻譯】

在寬闊的森林裡，看不到任何一個人影，只偶爾傳來幾陣人語聲，這感覺使得空山更為寂寥了。夕陽返照的光，照射進幽暗的樹林中，落在林間樹下的青苔上，看似為森林帶來光亮，其實卻突顯了森林的寂靜與幽暗。

【杰哥點石就成金】

這是描寫空間的佳作，從一座山，寫到深深的樹林，最後，是在陽光照射下綠得發亮的青苔。

當我們寫作文的時候，大的場景固然重要，小的物件也不可忽視。像攝影機一樣的變換鏡頭，才能一直抓住讀者的注意力。

深林人不知，明月來相照

我從來沒聽過琵琶的聲音。
在下過雨後的竹林中，飽和著溼潤的空氣裡，
琵琶的聲音聽來確實相當特別。

跟著大哥哥走，以為他要帶我去什麼地方，可是走著走著，卻發現他似乎有些迷惘。最後，我覺得他其實是迷路了。

「請問，你要帶我去什麼地方嗎？」我忍不住問。

「本來是在這裡的。奇怪，怎麼不見了。最近老是這樣，位置換來換去的。」他搔搔頭，自言自語。

「嗯……要不要告訴我是找什麼東西，然後我……」

然後我幫你一起找。可是，我的話都還沒說完，他忽然就說找到了。

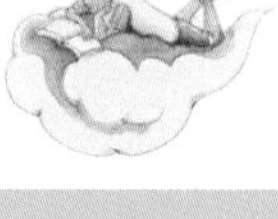

「啊！在這裡！」

我順著他舉起的手看過去。說也奇怪，剛才他指向的地方，我記得明明是沒有東西的，現在卻多了一座小涼亭。

我們走到涼亭，那裡放了一只背包，幾本現在很難得看到的紙本書，以及一些畫具。我走近，拿起幾張散落一旁的畫紙。

「你也喜歡畫畫？」我問。

「我『也』喜歡？」

「喔。因為，我喜歡畫畫。」我補充。

「真的？」

「嗯。可是像這樣的風景畫，而且還是用水彩的，我不太拿手。」

「這是中午隨便畫畫的。可是，今天的雨實在下得太大了，除了雨以外，什麼也看不清楚。應該早一點來的。」

我抬頭看他，說：「可是，早一點來也沒用。這雨已經下一個月了。」

「喔，是嗎？竟然會連下一個月？」

「今天以前，你不在這裡嗎？」

「我從別的地方來的。」

「原來如此。我也是從別的地方來的，一個月前才到這裡。你的口音聽起來不是臺灣人，你是中國大陸來的嗎？」

「嗯……大唐……中國，算是吧。」

「大塘？我沒聽過這地名。我只去過西安，去年暑假在那裡參加了一個夏令營，還認識了一個當地的好朋友。」

親愛的阿立，我說的就是你。你在天上聽得見我的呼喚嗎？我真的很開心，那個夏天，在西安認識了你。

「這是什麼？」

我忽然發現在涼亭的一角，放了一個像是樂器的東西。

「沒見過嗎？琵琶。」

「啊。想起來了，以前在學校老師介紹過，可是從沒見過實物。原來這就是琵琶。你會彈？」

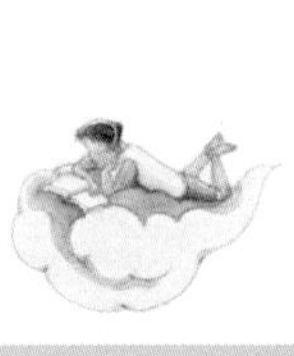

他拿起琵琶，隨興的用手撥弄了幾下，就是一段即興的演出。

「哇！真是太厲害了。」我忍不住鼓掌起來。

他笑得有些靦腆。

我從來沒聽過琵琶的聲音。不能說是喜歡或者不喜歡，可是在下過雨以後的竹林中，飽和著溼潤的空氣裡，琵琶的聲音聽來確實相當特別。那聲音彷彿來自另一個時空，並不是在我面前演奏出來的感受。

「哈。」他笑起來說：「因為你沒有聽過別人彈琵琶呀，無從比較。其實，我身邊有一群同好，還有人彈得更好。我們常常聚會，偶爾到幾個長輩的家裡玩時，大家會拎著樂器跟畫具，一起畫畫跟彈琴。」

「是大學裡的社團吧？真羨慕。我一直聽說大學生的社團活動很有趣的。希望我快點進大學，我也想要參加這種社團。」

「社團？」他的臉上閃過了不解的表情。

「能不能彈一首完整的曲子給我聽？」我央求。

「當然沒問題。」

琵琶空靈的聲音，再度於竹林裡飄蕩起來。

「獨坐幽篁裡，彈琴復長嘯。深林人不知，明月來相照。」

曲子結束後，他唸了一段詩。

「這首我知道！王維的詩。」

「你知道王維？」

他的表情，好像被我嚇到了似的。

「知道是知道，不過僅限這一首，其他的都不是很熟。基本上學校裡還沒教到他的作品，這首詩我媽媽很喜歡，月光的陪伴下，一個人，在安靜的竹林裡彈琴。你不覺得很有視覺感跟聽覺感嗎？記得我媽說，她覺得這首詩還很有『清涼感』呢。」

「清涼感？第一次聽到這樣的形容。」他笑了起來，露出好看的酒窩。

「嗯，清涼感。她說，不只是外在風景，還有內心的自在，帶著一種……透徹清涼的感覺。」我彷彿受到鼓勵，儘量形容得仔細些，希望他也能感受到。

「被你這麼一說，好像真的有感覺了。」

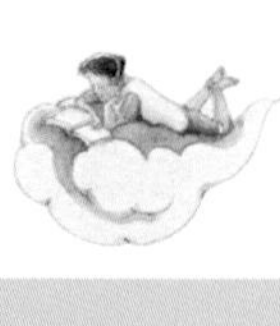

「哈，我只是轉述我媽說的。那種境界，我其實不是太懂。」

「沒關係。慢慢長大，到我這年紀，就會懂的。」

「是嗎？十三歲跟二十歲，原來真的有差這麼多嗎？你應該，差不多二十歲左右吧？」

他想了想，再度微笑起來，沒多說什麼。

「之前唸的那首『返景入深林，復照青苔上』也是王維的詩嗎？你好像很喜歡他的詩。他寫得很好嗎？我媽喜歡，你也喜歡。」我說。

他不知怎麼，帶著點尷尬。

「我自己是覺得還好啦。不過，周遭的人都說不錯就是了。」

「我平常也喜歡寫詩喔，但不是這種古典詩，這實在太難了。我寫的，也許根本稱不上詩，只是一些短句子。老師說要把詩寫好，就要常常讀一些好詩，多告訴我一些關於王維寫的詩吧。」

我並不是真的對王維產生多大的興趣，只是很想跟這個大哥哥多聊聊。我喜歡聽他講話的聲音，對他有種莫名的好感，很親切，雖然從沒見過，卻像是

認識好久的朋友。

「沒問題！關於他的詩，我恰好懂得還滿多的。」

他露出一股充滿自信的笑容。

【穿梭古今讀原詩】

〈竹里館〉 王維

獨坐幽篁裡，彈琴復長嘯。
深林人不知，明月來相照。

【毛筆先生來翻譯】

一個人坐在幽靜的竹林中，專心的彈琴與高聲長嘯。沒有人知道我深藏在如此充滿著大自然之美的環境裡，只有空明澄淨的月亮掛在夜空，與自己相伴相依。

【杰哥點石就成金】

一個人彈琴，一個人長嘯，不為人知的，隱藏在深深的竹林中，都是在表現詩中的那個「眼」，也就是「獨」。唯有明月是理解詩人的，依然溫柔的照看著他。明月彷彿有靈性、有情感，這也是擬人法的運用。

獨在異鄉為異客，每逢佳節倍思親

佳節是家人團聚的日子。
不在自己的家鄉，
對親人的思念就更深了些。

親愛的阿立，從前我覺得會彈吉他是件很酷的事，從那一天起，我覺得年輕人彈琵琶才是最帥氣的事情。要是你也在場，應該也會這麼認為吧。

認識大哥哥的那天傍晚回到家裡，媽媽問我去了哪裡，我告訴她在後面的竹林裡認識了一個從中國大陸來的朋友，她覺得很意外。

「來旅行的？」媽媽問。

「應該是。」我其實也不太確定。

「小心點，日本綁架案挺多的。」

「他不是壞人啦，我覺得。對了，他也喜歡那首媽媽你唸過的王維的詩喔。」

「這樣啊。」

媽媽回答得有些心不在焉。這時候，我才注意到她又在電腦上看起了老照片來。所謂的老照片，自然又是那位日本叔叔。

「我們什麼時候跟叔叔碰面呢？」我主動問。

對於我主動的提問，媽媽顯得有些意外。

「你想念叔叔嗎？」

誰比較想念呢？我心裡這麼想，卻無法說出口。

「雖然春天才見過，可是，總覺得也好久沒見了。」

「是吧。」媽媽微微笑著說：「可是，叔叔最近很忙，還要再等等。對了，雨終於停了，這兩天就去環球影城玩吧！」

可惜那天以後，第二天又開始下起雨了。跟之前一樣的雨勢，甚至下得更瘋狂，好像要把整個奈良都給淹沒似的。

雨勢轉小的某個黃昏，我突然想到竹林裡遇見的大哥哥。

「可以去竹林裡走走嗎？」我問媽媽。

正在燉牛肉的媽媽沉思了一會兒，沒開口。

「媽媽放心啦。我會帶著手機，萬一遇到什麼事情，打電話給你。」

「好吧，媽媽在家裡煮飯，雲仔半小時以內要回來唷。」

「嗯。」

媽媽送我到門口，拿傘給我時，望著外面說：

「啊，今年七夕看不到星星了。」

「咦？今天是七夕？」

「是啊。不過沒關係，」媽媽摸了摸我的頭，說：「星星不重要，每天看得到雲仔更重要。」

綿綿小雨中，我撐著傘，走進竹林。

那天分別時，沒有留下大哥哥的聯繫方式。想說第二天再去找他，怎料豪雨又來，出不了門。大哥哥要是來旅行的話，只是途經此地，肯定早已離開了。

他會住在這附近的旅館嗎？

撐著傘，走在林子裡的我，走了很久，才找到那天的那個涼亭。

雖然，終於找到了，可是我依然非常納悶是怎麼找到的。因為同樣的地方，我記得自己繞了好幾次，始終都沒見著，一轉身，卻又出現了。

涼亭裡沒有人，大哥哥的東西也不在了。果然已經離開。

就在我準備步下涼亭時，突然發現階梯上放了一本筆記本。

是大哥哥忘記的東西嗎？

說起來，大哥哥真是很復古啊。琵琶、紙本書、筆記本，幾乎是我從出生以來就沒用過的東西。

我翻看筆記本，看見用鉛筆寫下的一首詩。是大哥哥的筆跡吧。

「獨在異鄉為異客，每逢佳節倍思親。遙知兄弟登高處，遍插茱萸少一人。」

什麼意思呢？也是王維的詩嗎？

翻到下一頁，他做了注解：「佳節是家人團聚的日子。不在自己的家鄉，對親人的思念就更深了些。而在遠方家鄉的兄弟們，應該會覺得有種少了我在場的遺憾吧。」

阿立，看見這幾行句子的時候，我當然立刻想起你。雖然，我們並不是生長在同一個故鄉，可是變成了那麼好的朋友，幾乎就像是家人。

從小，我的家裡只有媽媽一個親人，認識你以後，每當有人問起我有沒有兄弟姊妹時，老實說，你明明不是我的家人，我卻想要喚出你的名字。媽媽說，帶我來日本是想要散心，可是在這裡，這一刻，我卻更想念你。

遙知兄弟登高處，遍插茱萸少一人。

我想，過幾天媽媽帶我去環球影城玩時，我也會想起去年夏天，我們曾經說過要請你來臺北玩。即使遊樂場再怎麼好玩，我也會覺得少了一個人吧。

我的目光回到大哥哥遺落的筆記本上，想著該怎麼還給他呢？或者，他會發現不見了，回來找嗎？

就在我拿著筆記本，翻回前一頁剛才讀過的詩句時，奇怪的事情發生了——那首詩，不見了。

我趕緊再翻到下一頁的注記，同樣也變成空白一片。到底怎麼回事？

【穿梭古今讀原詩】

〈九月九日憶山東兄弟〉 王維

獨在異鄉為異客，每逢佳節倍思親。
遙知兄弟登高處，遍插茱萸少一人。

【毛筆先生來翻譯】

離開了自己的家鄉，一個人身在舉目無親的地方，每到逢年過節家人該團聚的日子，就愈加顯得自己的孤單，並且想念起故鄉的親朋好友。遠在故鄉的兄弟好友，在重陽節這天，身上全都佩戴著能夠趨吉避凶的茱萸登上了高山，遺憾的是這其中卻少了自己的身影。

【杰哥點石就成金】

詩人遠在異鄉，並不知道家鄉的兄弟們如何過節。然而因為他思念故鄉與兄弟，於是想像著他們登高，想像著他們團聚，卻少了他一個人，大家便想念起他來。明明是自己思念兄弟，卻寫兄弟思念他，這是「對面著筆法」，感覺更有情感。

回看射雕處，千里暮雲平

透過一張「真正的紙」，
就能知道我在想什麼？
然後還能回應我的問題？

阿立，你記得去年夏天，我在西安遊學認識你的時候，你送給我一本當地的導遊書嗎？那時候，我幾乎每天出門都放在包包裡。

「每天都放在背包裡，挺重的呀！導遊書只是給雲仔做個紀念罷了，沒想到你那麼認真，又不是要考試。我是當地人，跟著我去玩，不用導遊書的呀。」

你曾經這麼跟我說。

大哥哥遺落的筆記本，我現在也是每天放在包包裡。因為，不知道哪一天會忽然遇到他呀，對吧？要是遇到了他，卻沒帶到筆記本還他，不是很嘔嗎？

對了，我終於去成了環球影城。老實說，沒有我想像中那麼有趣。可是，為了讓媽媽感覺開心，我還是儘量表現出好喜歡那裡的樣子。

媽媽其實不敢玩很激烈的遊戲，所以大多時候，都是我去玩，她在外頭等我。我說遊樂場這種地方啊，應該要大家瘋瘋癲癲的一起玩才有趣吧。所以，我在玩的時候，老是想到要是你也在，就會好玩一點了。當然我也會想，如果大哥哥一起來玩，應該也不賴。他可能會在我們玩雲霄飛車時，朗誦一首王維的詩吧，然後本來緊張得要命的場子就忽然冷掉，反而也就不害怕了。

在回家的電車上，我想到這裡的時候，忍不住笑出來。

「笑什麼呢？雲仔，很開心嗎？」坐在一旁的媽媽問我。

「嗯嗯嗯，是啊、是啊。」我搔了搔頭說道。

那本筆記本自從變成空白之後，這幾天沒有再出現過任何文字。無論我怎麼翻，還是一片空白。我不禁懷疑之前看到的東西，難不成全是幻覺？

第二天還是晴朗的好天氣，媽媽帶我去了奈良的春日大社。

那裡很有趣，有很多野生的鹿，大搖大擺的在馬路上行走。在奈良，馬路不應該叫做馬路，而應該叫做「鹿」路才對。在神社裡，我們遇上了來遊玩的旅行團，導遊在一群鹿的面前，不知道在跟團員講什麼。

「導遊是在說，」懂一點日文的媽媽，跟我解釋：「不要故意去惹鹿生氣，否則，牠們生氣起來是會反擊的唷。」

媽媽說，在古代，人們喜歡打獵，那時候應該不會去想動物的心聲吧？西元二〇三〇年的現在，氣候變化劇烈，很多東西包括動物和植物，都快要消失了。大家終於會替動物跟植物著想，會去想牠們的反應。

那天晚上睡覺前，我一邊想著白天說到打獵的事情，一邊翻開筆記本，同時也想著，不知道大哥哥對於打獵的想法是什麼？畢竟我只有聽過「打獵」這兩個字，從來都沒有真正打獵過。他會知道嗎？

就在我翻開筆記本的剎那，詩句又出現了。

「風勁角弓鳴，將軍獵渭城。草枯鷹眼疾，雪盡馬蹄輕。忽過新豐市，還歸細柳營。回看射雕處，千里暮雲平。」

題目是「觀獵」。在詩的後面寫著一段話：「在強風中的一次打獵活動，帶

著緊張的氣氛，發現獵物，乘勝追擊。捕到獵物以後，一切好像又風平浪靜起來，心裡卻還是激動不已。」

太神奇了！我正在想打獵的事情，就出現關於打獵的詩。難不成大哥哥聽見我的發問嗎？可是，他怎麼能知道，又怎麼能透過筆記本回答我呢？現在的科技再怎麼進步，也不可能厲害到透過一張「真正的紙」，就能知道我在想什麼，然後還能回應我的問題吧？

這真的只是一本筆記本嗎？

我把筆記本闔上，翻來覆去的仔細檢查，想抓出這其實根本是電子產品的破綻。可是，完全找不出什麼問題來。

真的就是一本紙張製成的普通筆記本。

當我再次打開筆記本時，那些文字又消失了。

不過，這次不是空白一片，而是變成一張老地圖。

一張從空中看下去的老街道圖，下面寫了三個字「平城京」，好像在對我說：應該去尋找這是哪裡。

【穿梭古今讀原詩】

〈觀獵〉　王維

風勁角弓鳴，將軍獵渭城。
草枯鷹眼疾，雪盡馬蹄輕。
忽過新豐市，還歸細柳營。
回看射雕處，千里暮雲平。

【毛筆先生來翻譯】

激烈的強風，吹動起用獸角做裝飾的硬弓上的弦，發出陣陣的鳴聲。英勇的將軍，坐在獵騎上，現身在咸陽城。因為平原上的草都枯了，積雪已經消退，使得獵物毫無躲藏的地方，顯得天上的老鷹似乎眼力變得更好，可以看清楚地上的一切。馬匹奔馳在沒有積雪的草原上，腳步也變得輕快起來。轉瞬間經過新豐市，一晃眼，又飛快回到了遙遠的營地，回頭再看方才打獵的遠方時，天和地又重回了寧靜，一片風平浪靜。

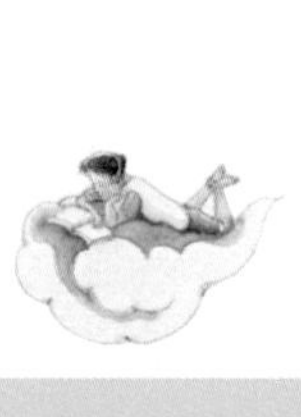

【杰哥點石就成金】

在王維眾多描寫山水田園的詩作中，這首描述將軍打獵、豪邁有力的詩，顯現出其創作的寬度。這首詩先從聽覺寫起，描述風吹動角弓的聲音，讓人尚未看見發生了什麼事情就先聽到聲音，感覺神祕，然後才透過第二聯帶出視覺畫面。第三聯雖然要寫的是將軍騎馬的飛快，卻不實寫，而是從兩個相隔遙遠的城市，隱喻其快速抵達的速度感。「千里暮雲平」呈現出的寧靜感，讓整首詩由起初的「動」，到最後的「靜」，頗有作文當中可運用到的起承轉合。

第二章

一腳踏進大唐風情

君自故鄉來，應知故鄉事

筆記本一頁頁翻下去，
每一頁，都出現了不同的立體街道，
同時也出沒著不同的人物。

筆記本上出現的「平城京」原來一點也不難找。

我用電腦網路搜尋以後，平板電腦的螢幕上，就立刻投影出3D立體的模型，並且告訴我所在位置。原來，那地方就在奈良市的近郊。

「嗯，平城京，西元七一〇年是日本奈良時代的首都，如今遺跡被保留下來……雲仔，為什麼忽然想去那裡呢？」

我告訴媽媽，希望她能帶我到那裡時，她看了看相關資料以後，很好奇我的動機是什麼。

「我看網路上介紹，說平城京以前是模仿唐朝的長安建成的。長安不就是現在的西安嗎？我去過西安，所以，也想去平城京看一看。」

關於想去的原因，我的回答一半是真的，一半是假的。

「可是，媽媽以前搭電車時經過那裡，什麼東西也沒有唷，因為只是遺址而已。只有在中間有一棟宮殿，是前幾年為了招攬觀光客，仿照古代樣式重新復建的。」

「就算是這樣，還是想去看看嘛。」

媽媽最後終於答應了我的請求，趁著第二天天氣依然晴朗，我們去了被列為世界文化遺產的平城京遺跡。

果然跟媽媽說得一樣，除了一棟仿造的宮殿以外，幾乎只是一片空地。

「有點失望嗎？」媽媽問。

「也還好啦。只是很難想像，以前這裡是多麼的熱鬧。」

「是啊，除非是那時候的人，出現在面前告訴我們吧。」

「那怎麼可能。」我笑起來。

媽媽跟我站在仿造的宮殿上，俯瞰整個平城京遺跡。

我在想，這裡當年是模仿長安城的，那麼，真正的長安城規模一定又更大了。可惜，就算是現在的西安，也沒辦法重現長安的風光。

那麼久以前的事情和東西，早都不存在了。

媽媽在逛導覽資料室的時候，我去附近的洗手間上廁所。

站在小便斗前小便時，我想起背包裡的筆記本。

我不太懂，筆記本出現平城京的意思是什麼？是要我來這裡的吧？可是，然後呢？說不定，現在筆記本裡，那張地圖又消失了。

上完廁所，我馬上就把背包裡的筆記本拿出來。

一翻開，我嚇了一大跳。我的老天，這是什麼？

原本只是平面的街道圖，就在我翻開的剎那間，就像是用３Ｄ電腦一樣，從紙張投影出了立體的模型來。

不對，不是投影的，這比二〇三〇年的最新電腦還厲害。我用手指去觸碰，發現可以實際碰觸到街道。而且，靠近筆記本仔細一看，居然還能見到街上來

往的人群，根本不只是個虛擬的模型而已，簡直是個小人國啊。

筆記本一頁頁翻下去，每一頁，都出現了不同的立體街道，同時也出沒著不同的人物。我可以看見身著古裝的人，騎著馬穿過城門；看見有人在叫賣水果；幾個人正站在一家店的蒸籠前，老闆把蒸籠一打開，立刻冒出一陣白煙。啊，好香啊，我還能聞得到香味耶！是賣粽子的。聞得我肚子都餓起來。

太不可思議了。我到底是在什麼年代呢？

我抬頭看向平城京的仿造宮殿，看見遠方旅行團的人，確定這裡是二〇三〇年的日本。可是，當我低下頭，目光回到筆記本時，在我手上的，卻又是另外一個世界。

「君自故鄉來，應知故鄉事。來日綺窗前，寒梅著花未？」

突然，我聽見熟悉的聲音，從身後傳來。不用看，也知道是大哥哥的聲音。我轉過身，果然看見他，心裡又驚又喜。

「這也是王維的詩？」

我竟然完全跳過「為什麼你會在這裡」的問題，好像已經習慣他的來無影、

去無蹤。

「是啊。」大哥哥還是一派輕鬆自在的模樣，慢慢的說著：「王維寫到一個久在異鄉居住的人，有一天忽然遇到也從故鄉而來的朋友，問起故鄉的事，問起窗前的一株寒梅。」

「離開家鄉這麼久，通常會想問很多更重要的事情吧？可是，為什麼他只想要問一株梅花——那麼普通的事情呢？」我問。

「當然想問的事情實在太多了，可是，什麼大事其實都比不上日常生活的瑣事呀。窗前的寒梅是小事，可是一定有著特別的意義才想要問。比方說，那是他很牽掛的人栽種的一株梅花，如果開了花，就表示受到了很好的照顧，也表示他牽掛的人過得很好。所以，表面上問的是寒梅，其實，想知道的是更親近的人和事。」

「原來如此。」

我又忍不住搔搔頭。所謂的詩，真的很曲折哪。

大哥哥忽然指著我手上的筆記本。

「啊！不好意思，都忘記了。這是你的筆記本，我在竹林裡撿到的。」

「雲仔不是想知道，當年平城京或是長安城裡的人，是怎麼生活的嗎？這些，就是我的故鄉事唷。」

「你的故鄉事？」

大哥哥笑起來，說：「如果我告訴你，我從這裡來的，你相信嗎？」

「這裡？」我指著筆記本上的立體街道。

「嗯，這裡。你也去過的西安，不過，是幾千年以前的長安。」

「我完全聽不懂。」我搔頭的頻率是愈來愈高了。

他點點頭，似乎並不意外我會這麼回答。

「對了，到底該怎麼稱呼你呢？」

大哥哥猶豫了幾秒以後才回應。

「叫我杰哥吧。」

「杰哥。」我重複了一次：「號稱自己從長安城來的，杰哥。」

我笑著，當然，心底並不相信他的話。

就在這時候，我才驚覺，我根本沒告訴過他我叫做雲仔呀。不過，他卻已經喚過我的名字好幾次了。

【穿梭古今讀原詩】

〈雜詩〉三首其二　王維

君自故鄉來，應知故鄉事。
來日綺窗前，寒梅著花未？

【毛筆先生來翻譯】

久居異鄉，有一天遇到從故鄉來的人，忍不住上前去問一問關於老家的一些事情。家鄉的事情，想問的、可以問的人與事，實在是太多了。那麼，到底該先從哪裡問起呢？最後，開口問的卻是，在老家那扇雕著花紋窗子前的寒梅，如今長成了什麼模樣呢？

【杰哥點石成金】

這首詩表現的是一個人對於故鄉的思念。故鄉的東西當然有很多是令人懷念的，在現實生活裡可以一一詢問。可是，在寫作時，若要一一列出來，就會顯得過於瑣碎和冗長。此時，該找出一個最有代表性的東西來「集中書寫」。

在這首詩裡，「寒梅」便是集中書寫的對象，同時也是「故鄉」的象徵。乍看是渺小而不重要的東西，實際上隱含著作者家居生活的情感，成為作者跟往事的聯結點。

故人具雞黍，邀我至田家

誰說時間是一條線呢？
時間不是一條線，時間是一張紙。

杰哥繼續說了一些關於他從「長安」來的事情。令我開始有一點相信，他並不是開玩笑的。

「可是，學校裡教我們的是，人類不可能自由自在的穿梭在時間裡。不可能回到過去，也不可能忽然跳躍到未來。」我說。

「學校裡教的東西，總是不夠的嘛。」杰哥笑起來。

「所以杰哥的意思是，每個人都可以跟杰哥一樣，從古代來到現代，或者從現代回到古代？」

「嗯，不一定每個人都可以的。有些人可以，有些人不可以。」

「哪些人可以，哪些人又不可以呢？」

「我也不知道。」杰哥想了想，說：「體質的關係吧？」

「體質？」

「嗯。雲仔有什麼東西，吃了會過敏嗎？」

「螃蟹。我不能吃螃蟹，吃了會立刻皮膚過敏。」

「那就對了。有些人會過敏，有些人不會過敏，是體質的問題。穿梭古今這種事，大概就是這樣的吧。」

「不過，學校的老師總是說，時間是一條不能回頭的線，只能一直往前。那擁有穿梭古今能力的人，是怎麼辦到的？」我繼續打破砂鍋問到底。

「誰說時間是一條線呢？時間不是一條線，時間是一張紙。」

「一張紙？」我再度搔起頭來。

杰哥翻起他隨身帶著的背包來，拿出一本描圖紙。描圖紙是一種半透明的紙，在上面寫東西，幾張描圖紙疊起來，還是可以看得到被壓在下面寫的東西。

以前在學校裡畫畫時，曾經用過，所以我記得。

杰哥拿出筆，開始在幾張描圖紙上畫東西。每一張圖，有相同的部分，也有不一樣的地方。最後，杰哥把這幾張描圖紙疊在一起給我看。

「是一間屋子的空間圖？」我問杰哥。

「對。從一張張不同的描圖紙，組合起來的房子。我們的時間，其實就像是這裡面其中的任何一張描圖紙。」

杰哥解釋，所謂的時間，就像是由非常多、非常多，數不清的描圖紙所組合起來的。可能一分鐘就是一張，也可能一秒鐘就是一張。抽開來看的時候，可能看不出個所以然來，但組合在一起時，就能看出是個完整的房間。

「嗯，大概明白了，但又有點難懂。」我坦白的說。

「總之，幾乎大部分的人都活在一張紙裡，而且動也動不了。可是，就好像是卡通一樣，當一張又一張的圖，畫著不同的時間、不同的地方，以及不同樣子，最後全部疊在一起快速翻閱時，人就會動起來了。」

杰哥用卡通的製作方式說明，我比較能夠理解了。

可是，就算是這樣，又怎麼解釋能夠穿梭時空的狀況呢？

「你看喔，如果我現在把原本放在中間的這張描圖紙，抽出來，轉半圈，最後疊到最上面，會怎麼樣呢？」

「本來是壓在下面，看不清楚，可是現在放在最上面，變清楚了。而且換過方向以後，房子的樣子也跟著改變。」

杰哥滿意的笑起來：「雲仔很聰明，已經解答了你自己的疑問。」

「一層又一層疊起來的時間，是可以抽換的？」

「可以的。有能力的人，就可以抽換。所以，我可以把唐朝的某一張時間的紙，抽出來，放到最上面，那張紙上的東西，就會跑到現在了。」

「這麼簡單啊？」

「哈！當然也沒那麼簡單。我只是用簡單的方式解釋給你聽。事實上，還要複雜許多，無法解釋的也不少，但是大概的意思就是這樣。」

「原來如此。那麼，我也可以把二〇三〇年，現在的這張『時間紙』，抽換到唐朝去嗎？我就會出現在唐朝了嗎？」

這會兒，換杰哥搔頭了。

「這我就不確定了。因為不知道雲仔的體質能不能做到呀。」

「如果可以，一定很有趣。我一定要去杰哥家看看。」

當我說出這句話時，代表已經百分之百相信了杰哥說的話。

「如果真的可以的話，到時候你就可以說：『故人具雞黍，邀我至田家。』」

「王維的詩？」

「是王維的好朋友，孟浩然的詩，很有名的〈過故人莊〉。說的是住在農村的好朋友，準備了田家特有的飯菜，邀請他去作客。雖然吃的東西不是多麼豪華的大魚大肉，可是，因為兩個人的情感很好，彼此也都喜歡這樣樸素平淡的鄉村生活，於是，大家聊得非常盡興。這首詩的後頭，還寫著『開軒面場圃，把酒話桑麻』這樣的詩句。這首詩，有種對生活很知足的感覺。」

「杰哥的家，也是這種感覺？」

「對啊，在農村。不過，搭乘馬車很快就能進長安城的鬧區了。」

搭馬車耶！親愛的阿立，聽起來就很酷，對不對？

這下子，我真的很希望自己也能穿梭古今，去杰哥住的地方看一看了。

我忽然想到，親愛的阿立，如果我也擁有抽換「時間紙」的體質，那不就代表我跟你可以再次重逢了嗎？

【穿梭古今讀原詩】

〈過故人莊〉　孟浩然

故人具雞黍，邀我至田家。
綠樹村邊合，青山郭外斜。
開軒面場圃，把酒話桑麻。
待到重陽日，還來就菊花。

【毛筆先生來翻譯】

老朋友準備了簡單卻充滿特色的風味菜，邀請我到他在鄉間的家裡作客。走進村

莊，綠樹環抱的景象頓時映入眼簾，遠方則有連綿不絕的青山相伴。打開窗子，就能從屋裡望見戶外的打穀場與菜圃，在這樣的景色面前，兩個人喝起酒，自在的聊著田園生活的耕種瑣事。這樣純樸美好的生活，等到秋高氣爽的重陽節，我一定還要再來，到時就可以觀賞到一片遼闊的菊花風景。

【杰哥點石就成金】

全篇詩作的筆觸十分輕柔，用的字句都不是艱難的字眼，卻顯現出平凡、自然的真摯情感。既然是描寫田園景色，傳達強烈的畫面感，當然就很重要。「綠樹村邊合；青山郭外斜；開軒面場圃」等句，充分利用文字將畫面的近景、遠景位置，都推移了出來。此外，短短的一首詩，充滿著故事性，因為將「人、地、時」都帶到了，使得詩作擁有完整的前因後果，這也是在作文時可以借鏡的要素。

相逢意氣為君飲，繫馬高樓垂柳邊

我的腦中閃過媽媽的警告：

小心不要碰到壞人！

我想，我真的碰到壞人了。

聽完杰哥的解釋，我深呼吸了一口氣。轉過頭，看見遠方有座時鐘，打出「2030 16：37」的時間數字。接著，我翻起杰哥的筆記本，每一頁仍躍出不同的唐朝風景。

親愛的阿立，有些東西還真是要遇到了，才知道什麼事情都有可能呢！

然而，就算真的具備那種可以穿梭古今的體質，又該怎麼從古代來到現代，又從現代回去古代呢？

杰哥聽了我的疑問之後，開始對我解釋。

「雲仔從家裡走到外頭的時候，必須走過什麼呢？」

「必須走出家門。」我毫不考慮的回答。

「對。那麼搭上飛機跟下飛機的時候，都要走過什麼呢？」

「飛機門，還有登機門。」

「那就對嘍。從古代到現代，也是有門可以走過的。你可能更不相信了，事實上，這個門一直都存在的。」

一直都存在的門，可以穿梭時空。那不就是哆啦A夢的任意門嗎？想到這裡，好像對杰哥說的話又有點懷疑了。該不會是從漫畫上掰出來的吧？

「那個門在哪裡？」我追問。

「最近這個門比較難找。以前，這個門大多是固定的，最近二、三十年來，門的位置一直改變。」

「為什麼會改變？這個門會移動？」

「如果用剛剛那個『時間紙』來解釋的話，每一次抽換一張紙到另外一個圖層時，都不可能剛剛好放得很整齊，時光門也是這樣的。每次進出時光，都稍微會偏一點，但是大概都是在差不多的位置。不過，最近的環境變化太大，整個生態和大自然都改變了，也影響到時間抽換時的穩定性。」

杰哥說完以後，我又沉默的搔起頭來。

「所以，這個門在哪裡？」

杰哥說得太複雜，我放棄了。我只想知道這個答案就好。

「本來一直固定在這裡，平城京遺址的。」他說。

「因為這裡是仿照長安城的關係？」

「沒錯。所以可以直接從長安通到這裡來。就算跨越幾千年也沒問題。」

「等等，你剛剛說『本來』在這裡。那現在移動到了哪裡呢？」

「這兩天是在這裡沒錯。之前有一陣子，移動到雲仔住的小木屋後面的那座樹林裡。不知道為什麼會有那樣的偏差。我剛走出來時也很驚訝。」

在小木屋後面的小樹林？所以，我才在那裡遇見了杰哥？

「雲仔真的想試試看，能不能抽換到唐朝去嗎？」杰哥問我。

「可以嗎？問題是，我的體質不一定適合，不是嗎？」

「試試看吧。如果不行，當然也沒辦法。」

我點頭。接著，杰哥要我跟他走進身後的洗手間。他走到洗手間的最後一間工具房，然後打開門走進去，並且招招手，示意我也一起走進去。

不會吧？工具間裡擺放掃把、拖把、衛生紙、清潔劑……一堆東西，我們進去幹麼？

雖然心裡非常懷疑，最後還是硬著頭皮，擠進了狹窄的工具間裡。

杰哥把門關上以後，我突然心跳加快起來。

接下來要怎麼做？就在我還沒來得及想接下來的事情時，杰哥突然將我手上的筆記本給抽了過去。

他將整本書攤開來，翻開其中一頁，用非常大的力氣往我頭上打下去。

「唉唷！」我忍不住痛得叫出聲來。

真的很痛。前所未有的痛。

接著，我感覺到一陣暈眩，甚至有點想吐的感覺。

我的腦中閃過媽媽的警告：小心不要碰到壞人，不要碰到壞人，不要碰到壞人……

我想，我真的碰到壞人了。

我的頭好昏唷！我快不行了。

「雲仔，張開眼睛。快點！可以了。」

杰哥拉了我一把，我努力張開眼睛，發現自己還是跟杰哥在廁所的工具間裡。

「失敗了。我們還是在廁所裡。」

「你再仔細看看。」

我一看，這不是廁所，是一間小茅房。

杰哥把門推開，將我從小茅房裡拉出來。

在一堆稻草中，杰哥翻出兩件古裝來。

「換上去吧！」

我們真的來到唐朝了嗎？我沒多問。雖然照著杰哥的意思換上古裝（我覺得好像去什麼遊樂場似的），心裡卻帶著「不可能是真的」的心態。

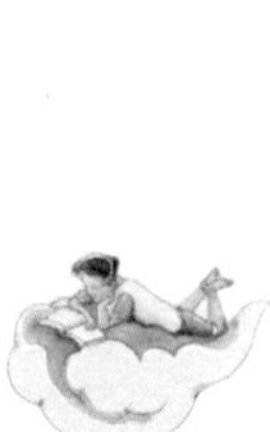

然而，一走出茅房，我驚詫得說不出話來。

原本空蕩蕩的平城京遺址，瞬間變成熱鬧萬分的市集。穿著古裝的擁擠人群，從我面前走過，簡直像是走進古裝電影的場景裡。

「來唷！來唷！熱騰騰的豆沙包呀！」

「今天剛從蘇州來的綢緞唷。」

「油條、油條！晚飯還能吃到現炸油條的，只有咱們家餐館哪。」

「咱們客棧雅房特別便宜，耶，兩位小哥要投宿嗎？」

杰哥領著我走進人潮。我們順著商店街走下去，街道兩旁盡是在叫賣的商家。我的眼睛都捨不得眨，興奮的看著身邊的一切。

「真是太炫了！」我說。

杰哥聽了以後，揚起很陽光的燦爛笑容。

經過一間酒館時，老闆對我們大喊著：「新釀酒上架嘍！兩位帥氣的少年，請進、請進哪。我們店裡有很多外地來的蔬菜，有胡瓜，還有今天剛從西域來的新鮮番茄，別家可沒有唷！」

杰哥的心情看起來似乎非常好，他轉過身看著我，說：「在這裡吃晚餐吧！」

我們上了餐館的二樓，是個半開放式的空間，可以見到遠方的夕陽將群山籠罩得一片紅彤彤，也把餐館旁一條垂著楊柳的小溪，照得閃閃發亮。

我甚至覺得連空氣都是不同的。空氣明明是沒有味道的，可是當我深深呼吸，竟然有種好清甜的氣息。這絕對不是二○三○年的空氣。

酒一上桌，杰哥斟了兩杯酒，唸起一段詩來：「新豐美酒斗十千，咸陽遊俠多少年；相逢意氣為君飲，繫馬高樓垂柳邊。」

「聽起來是很快樂的一首詩。」

「是啊，是王維的〈少年行〉。這首詩在歌詠我們這個年紀的男生，很講求義氣的友誼。就算是初初相識，只要個性相投，就像是老朋友一樣，彼此欣賞，高談闊論。在這麼好的氣氛下，當然就該為對方敬幾杯酒，好好喝個痛快。來吧！快先喝一杯吧！」

「可是，」我尷尬的說：「我不能喝酒呀。」

杰哥愣了一下，笑出來：「對唷！都忘記雲仔才十三歲而已。」

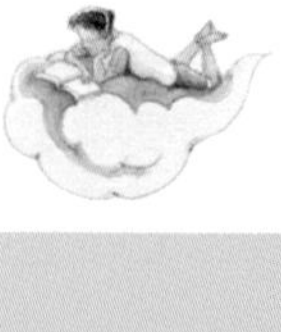

杰哥另外替我倒了一杯熱茶，然後舉起酒杯說：「歡迎光臨，雲仔。我的大唐，我的長安。」

親愛的阿立，不知道為什麼，明明好開心的我，卻有點想哭。

相逢意氣為君飲。

要遇到真正的好朋友，其實是多麼難得的事情哪。

我準備拿起桌上的那杯茶時，卻遲疑了一下。想了想以後，我放下茶杯，決定拿起旁邊的那杯酒。

「小孩子不能喝酒呀。」杰哥笑著說。

「時間已經被打亂了，誰是小孩誰是大人，已經沒有規則了。」

我們高舉酒杯，向對方敬酒。

就這樣，我喝下了生平的第一口酒，在唐朝。

【穿梭古今讀原詩】

〈少年行〉四首其一　王維

新豐美酒斗十千，咸陽遊俠多少年；
相逢意氣為君飲，繫馬高樓垂柳邊。

【毛筆先生來翻譯】

長安城裡青春正好的彼此，在新豐相會在一起，飲著此地好酒中的好酒。彼此都是年少輕狂的遊俠，有緣相聚，因為意氣相投、理想一致，因此即使是相逢片刻而已，一聊起天來就好像一見如故，想要為對方乾上一杯。一切的緣分，就從這棟酒樓、酒樓旁的垂柳，以及樓下繫著的馬兒開始了。

【杰哥點石就成金】

十分爽朗輕快的一首詩，展現出王維筆下的少年們，不但豪邁激昂，也從「為君飲」這三個字，看出友誼之間充滿著惺惺相惜，甚至崇敬對方的浪漫氣息。結尾最末句以

三個看似毫無關聯的物件：馬、高樓、柳樹，結合在一起，充滿畫面感。一般來說，前面若是描寫喝酒場面，最後多半以人的情緒收場。可是這首詩妙的是最後並不直接說出心中感受，反而運用「留白」的技巧，像是長鏡頭拉遠了的畫面，留給讀者無限想像。詩，結束了，友誼才正從此開始。

君寵益嬌態，君憐無是非

不管明天會變成什麼樣子，對未來的自己一定要有想像。

吃完晚飯，我們離開酒館，回到大街上。

還是覺得很不真實。看著眼前號稱是唐朝的這一切，是真實存在的，可是卻又以為，其實不過只是走進另一個中國式的環球影城罷了。

不知道接下來要去哪裡，總之，仍處在興奮狀態的我，暫時就跟著杰哥繼續往下走。

彎過某個街角時，看見幾個人騎著馬，沿著黃昏的街道慢慢移動。他們穿著制服似的長袍，拿著火把，將街角高掛的燈籠裡的蠟油，一個個點起火來。

原本昏暗的街頭，頓時搖晃起明亮的火光。

「天黑了。」我說。

「他們是負責點燈的。這就是你們所謂的路燈了。」杰哥解釋。

「他們一定想不到，有一天會有電燈這種東西吧？」

「我也沒想到！」杰哥笑起來。

我看了看杰哥，這時才意識到，他也是「這個年代」的人。

突然我很好奇，如果杰哥能夠自由抽換「時間紙」而隨意進出任何時空，那他第一次見到電燈是什麼時候呢？

「不是很久以前的事情，大概最近一、兩百年而已吧。」杰哥回答我。

「一、兩百年還算最近啊？」

「哈。是啊，比起幾千年來說，電燈的歷史太短了。」

「別說電燈了，媽媽曾告訴我，二十年前還有『插頭』這種東西呢。」

我告訴杰哥，媽媽說，以前所有的電器產品，如果不是用電池的話，全都是得透過插頭、電線跟插座的連接才能用。可是，十幾年前，就在我剛出生之前，插頭消失了。就像是無線網路一樣，電器產品不用電池、電線跟插頭，也可以直接使用「無線插電」將電力傳送到電器產品上。

「我看過啊。不過，雲仔一生下來，就是無線插頭的世界了。」杰哥說。

我點點頭。我確實只有在課本上看過插頭而已。

「用『時間紙』穿梭古今，就可以親自見證到那麼多歷史事件的發生，似乎挺有趣的。」我說。

杰哥好像忽然有了心事似的說：「看多了，其實不一定有趣。」

「為什麼不有趣？因為沒有新鮮感的關係嗎？」我問。

「因為啊，會變成有點無奈，有時候還會讓人生氣。」

「有這麼嚴重啊？」我搔搔頭。

「嗯。你會生氣很多事情不應該變成這樣，可是卻阻止不了。」

我想了想，說：「比如像是二〇三〇年的天氣嗎？」

「雲仔舉的例子很好。」

「媽媽也常常這麼嘀咕。常常在發生旱災或水災的時候，抱怨現在的氣候比

起她年輕時，真是太糟糕了。」

「是啊，你不覺得『此刻』的空氣、陽光、白雲，甚至是遠方傳來的聲音，都跟雲仔生活的二〇三〇年不太一樣嗎？」

「嗯，我有感覺到。」

杰哥原本有些沉重的表情，忽然又像是撥雲見日那樣笑起來。

「算了、算了，先別說這些了。聊點有前瞻性的事情吧？」

「前瞻性？」我不太懂這個詞的意思。

「就是對於未來，一些比較樂觀的計劃。像是，雲仔以後想做什麼呢？」

「以後？可是，地球可能快要毀滅了，還需要多想未來的事情嗎？」

「一定要的！不管明天會變成什麼樣子，對未來的自己一定要有想像。這樣每一天，你才會感覺生活有重心，有追求的目標。」

才二十歲的杰哥，真的像是大人。杰哥總是讓我覺得，對於自己是帶著自信的，對未來也充滿抱負。

「老實說，我不是很清楚自己能做什麼，好像什麼都不太擅長。」我說。

「怎麼會這麼說呢？雲仔很有才華，只要朝著自己的興趣，去找出想做的事情，一定沒問題。」

「是嗎？」

「當然。不過，雲仔也必須記得，要保持謙虛的心。做到了自己想做的事情以後，不能得意忘形。畢竟，『君寵益嬌態，君憐無是非』。」

「君寵益嬌態，君憐無是非？」

「這是王維的詩句，是一首諷喻的作品。開頭是『豔色天下重，西施寧久微？』說的是像西施那樣美麗的人、有才華的人，一定會被人發掘，受人重視。表面上讚賞西施，其實後面繼續說的，卻是西施受到君王寵愛以後，自己也清楚身價提高了，不管說什麼話，君王都會聽。這種情況下，即使做錯了什麼事，周圍的人又哪敢提出什麼建言呢？當然就對錯無論，是非不分了。」

「嗯……」我又搔起頭來，忽然問：「杰哥未來又想做什麼事情呢？不對，杰哥應該知道未來的自己。因為你可以用『時間紙』自由穿梭古今，所以應該早就看到以後的狀況了，不是嗎？」

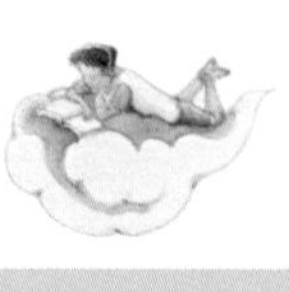

杰哥沉默了下來。我好像問了什麼不該問的問題。

一會兒，他總算開口：「我喜歡現在這個時候的自己；我想要改變這個社會上很多不公平的事情。我遇到不少有權有勢的人，明明可以為社會做些好事的，卻成天仗勢欺人，反而很多真正有才能的人都被打壓，無法出頭。」

透過「時間紙」，杰哥應該也知道，後來他是不是改變了這個狀況吧？不過，杰哥的回答感覺刻意避開了「以後」的事情，所以我就沒有多問。杰哥自己開啟了關於「未來想做什麼」的話題，結果反而沒有回答。

抬頭看見天空，冒出了許多閃亮的星星。

我們穿過小巷子，在轉角又遇到剛才騎著馬在點燈的人。不過，這次只剩下一個人。光線有點微弱，看不太清楚。就在那個人經過一盞燈籠前時，我突然注意到，他恐怕不是剛才的那群人。因為，他戴了一頂斗篷帽，臉上用布遮了一半，只露出眼睛。

就當我終於看清楚時，那個人也看見了我。彼此的眼睛在對看到的剎那，不知道到為什麼，我竟然頓時感覺到一陣冰涼。

「糟糕！雲仔，不要看他！快趴下。」杰哥突然大聲喊叫。可是，我根本還來不及反應，只見那匹馬已經衝到了我的面前。

一切，已經來不及了。

【穿梭古今讀原詩】

〈西施詠〉　王維

豔色天下重，西施寧久微？
朝為越溪女，暮作吳宮妃。
賤日豈殊眾？貴來方悟稀。
邀人傳香粉，不自著羅衣。
君寵益嬌態，君憐無是非。
當時浣紗伴，莫得同車歸。
持謝鄰家子，效顰安可希！

【毛筆先生來翻譯】

美女西施既然擁有全天下最美麗的身姿，怎麼可能會永遠的微賤下去呢？西施得寵之速，白天才在浙江的越溪浣紗，黃昏時就已經身在吳國宮廷裡為妃了。過著貧賤的日子時，西施跟大家沒什麼不同，一朝富貴以後，彷彿就與眾不同了，什麼都不需要自己動手。化妝有專人為她服務；穿衣服時，只要兩手一伸，便有人替她穿上絲綢。皇帝愈寵愛她，她就愈恃寵而驕；皇帝愈憐惜她，就愈沒有人糾正她的錯誤。當時曾和西施一起浣紗的朋友們，如今已經沒資格和她一同乘車進出了。把這件事情告訴大家吧！以為模仿西施因為心痛而皺眉的楚楚可憐樣，就能夠成為她的話，那是絕不可能的。

【杰哥點石就成金】

王維藉著西施的故事，嘲諷一個人有了才華，一定有機會出頭，不會被埋沒。可是，如果本身沒有實力的話，只妄想模仿別人就能飛黃騰達，終究是會失敗，成為笑話。表面是稱讚西施，骨子裡卻諷刺這個社會上，有許多不自量力、認不清自己的人，是一種寫作上藉由「典故」而賦予新意的手法。作文時，可試著練習，如何適當的運用歷史事件（典故）而加強自己要表達的想法，可使論說文更具說服力。

第三章

時間偶爾也會出錯

山中有桂花，莫待花如霰

就這樣，我莫名其妙去了唐朝，又從那裡回來。

蒙著半張臉，騎在馬上的怪人，衝過來，用力的一手將我從腰間拐起來。我整個人像是倒栽蔥似的，被擄到馬匹上。

「啊！杰哥！救命啊！痛死了！快救我啊！」

我對杰哥求救，他慌張的衝上前來，可是，蒙面客用雙腳夾住馬的肚子，再一拉馬韁，馬匹就懸起兩隻前腳，憤怒的大叫一聲。

杰哥被嚇到，但是很快的又準備衝過來。

「你知道規則的！別把不相干的人扯進來！」

蒙面客開口了，非常低沉的聲音。

杰哥停住腳步，看起來非常無助。感覺他想要救我，可是似乎有什麼我不明白的原因，他不能這麼做。

緊接著，蒙面客從長袍裡抽出一冊書來。他的動作實在太快，我還沒搞清楚他拿出一本什麼樣的書，蒙面客已高高舉起了那本書，往我的頭上準備打下來。

我知道了！我是這樣來到唐朝的，現在，蒙面客正要用同樣的方法，把我抽換到別的地方？

不要！要回去的話，也應該是杰哥跟我一起回去啊！這個蒙面客要把我弄到哪裡去呢？

「杰哥！我不要跟這個人走呀！」我企圖用力掙脫蒙面客。

可惜，我的話一說完，書本已經重重的落在我的頭頂。

啊！超痛的！

隱約在頭昏腦脹的時候，我似乎聽見杰哥對我喊叫著：「山中有桂花，莫待花如霞。」

不知道過了多久，等我清醒過來時，發現自己身處在樹林裡。我的頭被書本打得好昏，感覺腦袋運轉得很慢，非常努力的回想，才發現，我現在所在的地方，並不是我再次遇見杰哥的平城京遺址，而是媽媽租的小木屋後面的那片樹林。

我走回小木屋時，恰好遇見媽媽。

「雲仔，回來得正好，該吃飯嘍。」媽媽說。

我忍不住問：「我們已經從平城京遺址回來了嗎？」

媽媽愣了一下，突然大笑出來：「你是不是睡太多啦？搞不清楚昨天跟今天。昨天，從平城京那裡回來以後，你好早就上床睡覺，睡到今天中午才起床。是誰在雲仔的夢裡，把雲仔給搞糊塗啦？」

媽媽上前擁抱我，溫柔的摸摸我的頭。

當然，我不可能告訴她，是一個騎馬的蒙面客搞的鬼。

就這樣，我莫名其妙去了唐朝，又從那裡回來。不知道杰哥現在在哪裡？

我想起蒙面客對他說的話，不知道杰哥到底違反了什麼規則。

就這樣，忽然間，我又失去了杰哥的消息。

背包裡那本用力往頭上一打，就可以穿梭古今的「時間紙」，還留在我這裡。晚上睡覺前，我試著拿著它往自己的頭上打，可是，不管怎麼用力打，我還是在原地——二〇二〇年的現在，沒有改變。

第二天，媽媽終於帶我去和那位日本叔叔見面了。媽媽和他約了吃午餐，地點就在奈良車站附近的餐廳。

叔叔跟媽媽的年紀差不多，不過看起來要年長許多，整個人的感覺，就像是個老師。事實上，他確實是老師。叔叔的中文說得好的原因，正因為他在大學的中文系裡教書。

「雲仔，好像又長高了？」叔叔摸摸我的頭說。

叔叔摸我的頭，跟媽媽摸我的頭，我覺得好像是同一個人的手似的，有著一樣的感覺。

「可能有，一點點。」我回他。

每一次來日本，跟著媽媽一起和叔叔碰面時，大家總是在幾句寒暄問候之後，就開始吃飯。

我覺得有趣的是，明明每次見面都相隔了半年到一年，可是在吃飯時，他們兩個人聊的話題，好像永遠不會問起「最近怎麼樣啊？」或是「這陣子還忙得過來嗎？」這樣的問題。

他們似乎不會去聊過去的事情，只會從「現在周圍的東西」出發，像是媽媽點的菜、叔叔點的飲料、天氣的問題、餐廳的氣氛、牆上掛的畫作等等。坦白說，都是些滿無聊的東西，我不明白特意見面為什麼要聊這些？

喔，當然「現在周圍的東西」也包含了我。當他們沒什麼東西好聊時（周圍的東西都講過以後），就會開始聊我。

最後，一餐飯結束以後，也就結束了來日本和叔叔碰面的行程，直到下一次我們再來。

每一次，都是這樣的方式。今天，當然也不例外。

在離開餐廳、走往電車站的途中，媽媽變得很安靜。當然，這部分一向也包含在見面的行程裡，沒有一次例外。

忽然，我想起跟杰哥分開時，他對我喊的那兩句詩。

「媽，你聽過『山中有桂花，莫待花如霰』這首詩嗎？」

「沒記錯的話，也是王維的詩。」

媽媽對王維熟悉，其實也是因為日本叔叔的影響。叔叔在大學的中文系裡教中文，研究的正是詩。

「是什麼意思呢？」

「『城隅一分手，幾日還相見？山中有桂花，莫待花如霰。』是一首送別詩，不過跟其他的送別詩不太一樣。一般詩人在寫離別詩時，都會希望不要對方遠走，可是這首詩卻寫著，要朋友趕緊上路離開。其實，並不是不在意對方，而是為了對方好，所以才希望朋友趕緊上路。因為，南山裡有美麗的桂花樹，出發晚了，就會錯過盛開的美景。」

我點點頭。

「怎麼會突然問起這首詩來呢？」媽媽問。

「恰好看到這首詩。」我撒謊。

「原來如此。」

媽媽拉起我的手，喃喃自語的把剛才那首詩又唸過一回。

「城隅一分手，幾日還相見？」最後，媽媽緩緩的重複了這句話。

才剛踏進車站，一回頭看，天空又落下了大雨。

【穿梭古今讀原詩】

〈崔九弟欲往南山馬上口號與別〉 王維

城隅一分手，幾日還相見？
山中有桂花，莫待花如霞。

【毛筆先生來翻譯】

在城邊道別以後，不知道要到什麼時候才能再相見。然而，遠方的山中正開著美麗的桂花呢，所以別留戀這裡，快去看吧！別等天涼時節，霰都落下了，那時花也都謝了。

【杰哥點石就成金】

送別的詩，卻沒有一般送別詩裡依依不捨的氣氛，反而希望朋友快離開。因為朋友會經過的地方，正開著美麗的桂花，應該趕緊去看，才不會錯過。從表面上的字句看起來並不留戀友人，實際上是為了友人好，反而暗暗顯露出處處為朋友著想的心。寫作上這種「情感有十分，落筆卻七分」的手法，有時候反而比把什麼事情都說得太白，更別有一番韻味。

莫以今時寵，能忘舊日恩

背包裡，有什麼東西是會發熱的呢？
溫度燙到我只好脫下背包，
看看到底發生什麼事情。

山中有桂花，莫待花如霰。

為什麼杰哥在關鍵時刻，在蒙面客說出那句話以後，就決定不上前營救我，甚至還說出「山中有桂花，莫待花如霰」希望我能快些離開的話呢？

杰哥難道嫌我麻煩，認為我年紀小，不想跟我做朋友了嗎？

我一定是給他帶來太多麻煩了。好難過。

這幾天，我始終在想這些事情。一個人想東想西的，陷入非常安靜的狀態，這讓媽媽又開始擔心起來。

「雲仔，你還想去哪裡玩？媽媽再帶你去啊！」

媽媽本來只是這麼說的，不斷的問，問到最後，忍不住說：

「親愛的雲仔，你有按時吃藥嗎？」

因為阿立過世的事情，我有很長的一段時間，變得非常不開心。

不想去上學，不想吃飯，不想跟人說話，不想看見鏡子裡的自己。

媽媽帶我去看了心理醫生，那是我第一次知道「心理醫生」是做什麼的。從那時候開始，我偶爾就會吃起所謂抗憂鬱症的藥。只要是媽媽認為我狀況不太好的時候，就會帶我去看醫生。

「這沒有什麼唷，雲仔不要覺得自己跟別人不一樣。去看心理醫生，跟感冒去看病差不多。聽醫生的話，按時吃藥，然後有什麼心事多跟媽媽講，或者跟好朋友講，這樣就沒問題了。」

跟好朋友講？阿立，在遇見杰哥以前，你是我最要好的朋友。可是現在，你們兩個都消失了，我得上哪裡去找你們呢？

這幾天，不像之前天天下著豪雨，卻變成每天飆著超高溫的炎熱天氣。只要在戶外待上一陣子，就覺得皮膚要被烤化了，又癢又燙又疼痛。

媽媽說，日本是溫帶國家，以前絕對不可能有這樣的高溫，現在，好像快要變成泰國了。我看了網路新聞，這兩天臺灣的淡水和嘉南平原又飄起了夏天的雪。

亂七八糟的大自然。該不會跟「時間紙」一樣，也有什麼「氣候紙」之類的東西吧？所以春夏秋冬，都被抽換得一團亂了。

跟天氣一樣不穩定的，還有媽媽的情緒。

每次跟日本叔叔碰面，在吃飯的時候都很正常，不過，總在回到家的幾天以內，媽媽就會變得不太一樣。一下子很高興，一下子又不開心。

特別是在煮飯做菜這件事情上，反應得更明顯。媽媽一向喜歡做菜給我吃，不過跟叔叔碰完面以後，她就會變得不太想煮飯。偶爾下廚了，煮出來的東西，也變得不太一樣。常常會忘了烤東西的時間，或者是東西沒蒸熟。總之，丟三落四，彷彿變成了另外一個人。

前幾次，去看心理醫生，媽媽在問診室外等我時，我偷偷做了一件事。

醫生是個比媽媽年紀還大的女人，當她問我最近生活裡的一些事情時，我會故意把媽媽的狀況說出來，然後問她，應該怎麼做比較好呢？醫生一開始很仔細的回答我，給我意見，到了第三回，好像就露出了馬腳。

「雲仔說的這些，應該都不是你的狀況吧？」

終於，溫柔的女醫生忍不住問我。我沉默下來，像是考試作弊被抓到一樣，很有罪惡感。但是，女醫生只是把眼神投向門外，對我微微笑。

而門外是在等我的媽媽。

幾天以後，我們結束了在奈良的旅程，回到了臺北。

媽媽的情緒已經穩定多了，雖然，她還在操心我的心情。

明明是夏天，臺北卻比日本還要冷。回來的前一天，臺北的夜裡突然下起大雪。現在，雖然已經停了，路上仍鋪著積雪。

晚上看電視時，轉到一個頻道正在播送老電影，是部古裝片。不知道前面在演些什麼，開始看起時，是一個在宮廷裡的女人，穿著華麗的衣裳，長得也很美麗，卻皺著眉不說話。無論旁邊的君王怎麼跟她說話，她都不理。

「莫以今時寵，能忘舊日恩。看花滿眼淚，不共楚王言。」

電視螢幕上的字幕，打出這首詩來。最後，詩的署名是王維。

王維。我馬上想起了喜歡王維詩作的杰哥。

接著，電視螢幕上換成現代的人，開始解釋這首詩的意思。

原來是教學節目。以前從來不知道有這節目。

影片裡的息夫人本來是春秋戰國時代息國君王的妻子，後來楚王打敗息國，楚王將息夫人據為己有，並讓息夫人在宮裡享受非常豪華的生活。不過，息夫人是個深情的女人，即使當時的生活那麼優渥，也不會喜新厭舊，忘記了以前丈夫對她的恩情。所以，她從來都不跟楚王講話。

莫以今時寵，能忘舊日恩。

我想，我也不會因為現在過得好，有了新朋友，就忘記以前的老朋友。

所以阿立，即使認識了杰哥，我一直還是想著你呀。我想你是明白的。事實上，我多麼想要讓你們認識。我們三個人，一定能變成好朋友。

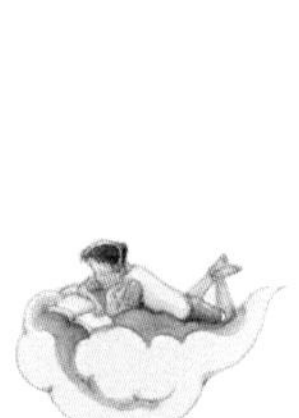

然後，我想到日本叔叔。

對日本叔叔來說，媽媽一定也是曾經幫助過他的人吧。所以，不管怎麼樣，日本叔叔也沒有忘記媽媽。就算是再忙碌，只要媽媽去日本時，日本叔叔總還是會跟媽媽碰面吃飯。

杰哥呢？蒙面客說，杰哥不該把不相干的人扯進來。難道杰哥希望我離開唐朝，其實是為了我好？總是說我們該抱著未來希望的他，或許覺得我還是回到現代比留在古代更好吧？

那本「時間紙」筆記本被我帶回了臺灣。無論我怎麼翻，或者怎麼拿它敲頭，都只是一本普通的筆記本而已，但是，我還是每天帶著它。

這天下午，我一個人去信義區逛街。逛啊逛的，走在路上，我突然感到背部的溫度升高。

我的背包變得好燙。背包裡，哪有什麼東西是會發熱的呢？太怪了。溫度燙到我只好脫下背包，看看到底發生什麼事情。

站在信義區的街角，我一拉開背包的剎那，不只我傻眼，旁邊的路人全都停下了腳步。

【穿梭古今讀原詩】

〈息夫人〉 王維

莫以今時寵，能忘舊日恩。
看花滿眼淚，不共楚王言。

【毛筆先生來翻譯】

不要因為今天受到了眼前人的寵愛，就忘掉了從前別人對你的恩情。就算身邊擺滿了美麗的鮮花，以為因此就能夠開心了，結果卻盈滿著淚水。對於喜歡自己的楚王，始終不發一語。

【杰哥點石就成金】

這首詩最難得可貴的寫作技巧，在於王維在「看花滿眼淚，不共楚王言」這兩句詩裡，抓住了人物和故事中最具有「戲劇感」的一幕。故事裡息夫人長年以來的苦衷和壓抑，其實並沒有花太多筆墨去陳述，但最後的場景就說明了一切。這種類似於小說故事裡的「現場感」，在作文時可增加讀者身歷其境的感受。

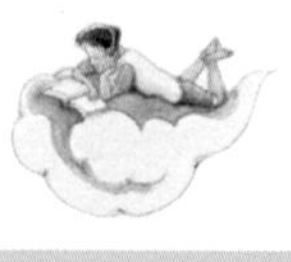

晚年惟好靜，萬事不關心

花盆後面，隱隱約約冒出一個東西來。
竟然是一支毛筆。而且，
是一支會走路又會說話的毛筆！

我的背包失火了。

當我一打開背包拉鍊時，一團濃厚的白煙忽地從我的背包裡竄出來。嚇得我想都不想，立刻將背包甩到地上。旁邊的路人好奇圍觀，表情很驚奇。他們議論紛紛，以為接下來我還會安排什麼把戲。我竟然還聽見兩個高中生在鼓掌哩，好像我是街頭表演魔術的。

那白煙不久漸漸散去，一切似乎又恢復原狀。路人大概覺得沒什麼意思了，也就不再圍觀。過了一會兒，我才走上前，拿起背包。正當我準備將背包拉開來，看裡面到底有什麼東西時，背包忽然震動了一下。

我又嚇得把背包丟回地上。

大白天的怕什麼呢？我企圖說服自己，豔陽高照下總不可能會見鬼吧！最後，我終於再次拾起背包。可是，背包裡並沒有什麼特別的不同。

不對。不一樣了。

我發現，杰哥的筆記本居然換了一個新封面，尺寸大小也不同了。

我趕緊翻開筆記本。我有預感，筆記本裡一定會出現新的東西。果然，當我一翻開，就看見第一頁蹦出一張３Ｄ立體圖。

我緊張得立刻把筆記本闔上，就怕有人會看見筆記本的奇怪狀況。我一手拎著背包，一手拿著筆記本，閃閃躲躲的跑到一旁百貨公司的騎樓下，確定沒有人走過時，才再把筆記本打開。３Ｄ立體圖再度從紙上一躍而出。

然而，我不懂的是，為什麼會是一張百貨公司的樓層介紹圖呢？

恰好，我站的位置旁邊就擺放了這棟百貨公司的樓層介紹圖。我比對了一下，更確定是這棟百貨公司的介紹圖沒錯。

我還在納悶的時候，突然，筆記本上的立體圖，冒出了一陣淡淡的煙。還好這次不像是剛剛失火那樣嚴重了，只是如同線香一樣的淡煙。

靠近筆記本仔細觀察了一番，發現煙是從樓層圖的地下一樓冒出來的。難道在百貨公司的地下一樓有什麼東西嗎？

我帶著好奇心，決定走進百貨公司裡看一看。

順著筆記本的圖示，我來到地下樓層。

這裡是從地下一樓通往地下二樓的轉角。電扶梯沒辦法再往下了，必須繞到另外一個地方，才能繼續通往地下二樓。

電扶梯旁多了一塊小空地。如果要有什麼的話，也只能在這裡出現了吧。

可是，不管怎麼看，都看不出有什麼異狀。

正當我決定放棄時，突然，身後冒出聲音來。

「咳、咳、咳！」是一陣清喉嚨的咳嗽聲。

我轉身，卻沒見到任何東西。

「喂！靠近一點啊！在裡面哪。」

「是誰？」我問。

「你要靠近一點，我才能自我介紹。」

「我為什麼要聽你的？你說不定是壞人。」我說。

「喔，我的老天。幾千年來還是第一次有人說我是壞人。我好傷心！哼，被你這小孩子給汙辱，我要哭了！」

「我不是小孩了，我都十三歲了。」

「哇哈哈！十三歲，不管你思想多麼成熟，明明就還只是個小孩子。被一個小孩子說我是壞人，我真的想哭了。」

遇見這狀況，我還真不知道該怎麼辦。

「我真的要哭嘍！還不趕快走過來跟我道歉？我要哭嘍！我——哭了！」不到三秒鐘，我看到電扶梯的後方，那塊小空地上擺放花盆的後方，竟然冒出一灘黑色的汁液來。

誰說白天不會見鬼的？

我本想拔腿就跑，可是，從那灘黑色汁液的花盆後面，竟然喚起我的名字：

「雲仔、雲仔，你別走呀！」

我停下腳步，緊張的說：「你別喊我的名字！」

「雲仔，大家來評評理呀！這個雲仔，看起來是那麼可愛的一個男孩，原來是如此狠心的人！朋友哭了，都不來安慰的！雲仔！」

「好了、好了，你別再喊我的名字了，拜託。」

當我的話說完時，發現自己已經站在花盆前了。

我從背包裡拿出面紙，蹲下來將地上的黑色汁液擦拭乾淨。我發現這汁液的味道有點熟悉。想了一會兒，終於想起來，是墨水的味道。

「為什麼是毛筆墨水的味道？」我問。

「啊，被抓包了。被發現這不是我的眼淚了。雲仔怎麼知道毛筆這種東西？」

「我的同學們可能不知道吧。不過，我知道。因為我喜歡畫畫，所以用毛筆代替水彩筆畫過東西。還有，媽媽教過我寫書法，只是我寫得很爛！」

我發現自己扯遠了，於是不再繼續說下去。

「啊，真感動啊。沒想到二〇三〇年還有小朋友知道毛筆。」

接著，我看見從花盆後面，隱隱約約冒出一個東西來。

竟然就是一支毛筆。而且，是一支會走路又會說話的毛筆！

這支毛筆豎立起來，沒有腳，所以移動時只能以筆管跳躍。毛筆頭的部分就像一頭長髮，隨著身體——或者該說是筆管，一邊搖擺，一邊晃來晃去。

看見這一幕，我不覺得恐怖，反而感到滑稽。

我忍不住笑出來，頓時，毛筆頭竟變成紅色的。

「這是害羞的意思嗎？」

結果，毛筆變得更紅了。等到毛筆頭漸漸褪去紅色，恢復原來的顏色以後，我才開始再問他問題。

「你是用『時間紙』過來的嗎？」

「時間紙？喔。是杰哥跟你這麼解釋的吧？」

「你認識杰哥？」

「當然，我是杰哥的毛筆啊，我們認識一千多年嘍。」

「所以你知道現在杰哥在哪裡？」

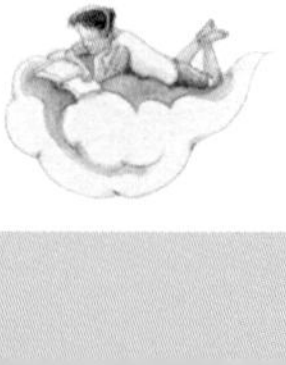

「嗯，」毛筆欲言又止：「知道是知道，不過……」

等了很久，毛筆還是沒有說出下一句話來。

「不過什麼？你快說啊！」

「你別急呀！我是毛筆，我擅長用寫的，不擅長說話呀。」

我忽然想到：「那麼你可以用寫的。」

我從背包裡拿出筆記本來，讓毛筆站在上面，等他用寫的。

他緩緩寫下一句詩來：「晚年惟好靜，萬事不關心。自顧無長策，空知返舊林。」

「什麼意思？」我問。

「人年紀大了以後，喜歡清靜的生活，於是，對什麼事情都不關心了。覺得自己沒什麼能力和才華，就這樣回到老家，重新過起不問世事的隱居生活。」

「為什麼不再關心身邊的事情呢？」

「很多原因吧。有可能是一直想要追求的理想破滅了；也可能是年紀大了以後，想法改變了。」

我一邊點頭，一邊搔頭。

忽然想起媽媽來。會不會有一天，媽媽年紀大了以後，也不再想去日本了呢？什麼事情都不關心了；不關心日本的叔叔，或者某一天也可能不再關心我。

我不明白什麼是清靜的生活。但是，我明白不被關心的感受。

想到這裡，我有點難過。

「所以，」毛筆說：「這首詩是希望你能明白，杰哥的心情正是這樣。你們沒辦法繼續聯絡，也許不是壞事。」

「我不相信。杰哥是關心我的，他也知道我關心他。」

「你認識的杰哥，只是一部分的他。」

「不是這樣的。」

毛筆重重的垂下頭來。

「無論如何，你不能再擁有這本筆記本了。為杰哥好，也為你自己好。」毛筆說。

「杰哥帶我穿梭古今，違反了什麼規定嗎？」我問。

「人本來就不該穿梭古今的，這樣會破壞大自然的定律。」

我想了想，說：「不管怎麼樣，我希望再見到杰哥一次。一次也好。」

「不可以。小孩子要聽話。」

「我不是小孩子。」

說時遲，那時快，毛筆忽然跳起來，墜下時，用筆管奮力將筆記本給踹進花盆後面，緊接著，他自己也往裡面竄。

「你不答應也沒辦法，筆記本，我這就帶走啦！」

一陣煙從花盆後面冒出來。不久，毛筆跟筆記本都消失了。

這時候，我確定毛筆真的不是壞人，他只是個糊塗蛋。

毛筆難道不知道，一個人的背包裡，可能不只一本筆記本嗎？剛剛他帶走的，是我從背包裡拿出的另外一本筆記本呀。

【穿梭古今讀原詩】

〈酬張少府〉　王維

晚年惟好靜，萬事不關心。
自顧無長策，空知返舊林。
松風吹解帶，山月照彈琴。
君問窮通理，漁歌入浦深。

【毛筆先生來翻譯】

人到了晚年以後，對什麼事情都漠不關心了。既然沒什麼可以貢獻的長才，不如就兩手空空回鄉下老家吧。迎著在松林裡吹來的清風，解開衣襟上緊綳的腰帶，放鬆身心，然後在山間明月的陪伴下，彈起琴來。你要是在這時打破砂鍋想問起我世間的種種道理，我也只會對你唱起漁歌，讓歌聲隨河流游向遠方深林。

【杰哥點石就成金】

這首詩表達的是，王維年輕時對於政事的理想，在晚年破滅，於是想開了，決定歸隱老家。因此，原詩中第二行的「無」與「空」兩字就是詩人內心情緒的凝結。

松風和山月好像朋友一樣的陪伴著，知道自己內心的感觸，是作文裡帶著些許擬人法的技巧。最末句是問答型式，故意顧左右而言他，看似沒有回答，其實是拐了一個彎，寫出詩人早已不在乎那些事情的心境轉變。

醉歌田舍酒，笑讀古人書

真不敢相信，
常常經過的百貨公司電扶梯下，
原來藏著一個時空入口。

為什麼在百貨公司的電扶梯下，可以穿梭古今？

我記得杰哥說過，唐朝的入口是在日本奈良平城京跟小木屋後面的樹林裡。可是，杰哥的毛筆卻從那裡進出。難道，入口不只一個？

我拿起「時間紙」筆記本，深呼吸一口氣，整個人蹲在電扶梯下的花盆旁，然後用力的將筆記本往自己的頭上打下去。

「砰！」的一聲，我的老天，好痛！

胸口一股想要嘔吐的噁心感，瞬間衝上喉頭。整個人暈眩起來，就像是上

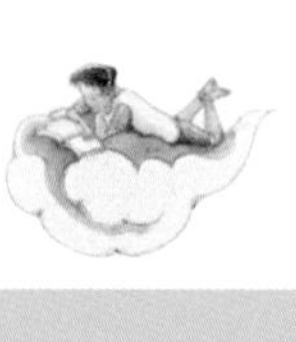

次在廁所工具間裡同樣的感覺。

啊，不行了，好暈。我搖搖晃晃，整個人跌坐在地板上。直到稍微清醒以後才發現，周遭景色似乎沒有改變。

我失望的離開那裡，走回百貨公司一樓的騎樓。奇怪的是剛剛外面很冷，路上還有昨天的積雪，甚至，我記得剛進百貨公司時，天空還飄了點夏天的雪，可是，現在外面的積雪全不見了。

再仔細注意觀察四周，發現雖然是在信義區，但並不是我所認識的信義區。很多高樓大廈都消失了，最高的一棟樓只剩「臺北一〇一」。旁邊另外兩棟比它還高的大樓去哪裡了？接著又發現回我家的捷運路線也消失了。我緊張的跑到附近的廣場上，恰好那裡有時鐘。

時鐘上面寫著二〇一〇年。

我回到了二十年前，我還沒出生以前的臺北信義區。

果然跟媽媽說得一樣，二十年前的夏天，雖然熱得不得了，但至少還是夏天。不像二〇三〇年我生活的那個臺北，夏天跟冬天都顛倒過來。

街上駛過幾臺選舉宣傳車，吵雜的擴音機廣播著選舉政見。

「好像每個人都很有理想嘛！」

熟悉的聲音從我腳下傳出。

「毛筆先生。」

我低頭驚訝的看見杰哥的毛筆。

沒有經過他的同意，我便決定叫他毛筆先生了。

「你不是回唐朝去了？」我疑惑的問。

「還說呢。整個大自然環境被破壞得亂七八糟，磁場亂了，時空入口都被影響了。就像是地震、土石流會導致走山一樣，現在常常不準。明明要去某個朝代，結果時空的門卻開錯。以前不會這樣的！真是。」毛筆先生抱怨著。

又是幾臺選舉車輛喧囂而過。

「彷彿大家都很有理想的樣子，可是，那些政見裡，沒有人想過，該怎麼預防二十年後的氣候變化。」毛筆先生語重心長：「你們真該回去看看我們的大唐江山，那時候環境是多麼的好。現在被你們破壞成這副德性。」

「又不是我害的。」我尷尬的搔頭。

忽然想到杰哥曾經跟我聊過，關於計劃未來的事情。

「如果是杰哥，應該會很有抱負的想要改變這個狀況吧。」

「沒錯，他總是看不慣社會上很多不公平的事情。杰哥要是生長在你的年代，年輕一點的時候，恐怕也會想要參與選舉。不過，年紀大了一點以後，他認清現實，也就變成『醉歌田舍酒，笑讀古人書』，不問世事了。」

「決定回到老家，不問世事嗎？」我問。

「是啊。醉歌田舍酒，笑讀古人書。好是一生事，無勞獻〈子虛〉。說的是一個人不再追求作官或是追逐名利了，覺得生活裡最棒的事情，就是回到老家，每天輕鬆自在的讀幾本好書，喝著喜歡的飲料，何必還在乎自己的想法或才華，是不是會受到別人賞識呢？」

「可是，杰哥不是才二十歲嗎？為什麼毛筆先生要一直說，他『年紀大了一點』以後就改變了呢？」

毛筆先生將毛筆頭，指向我手上的「時間紙」筆記本。

對啊，他們是可以穿梭古今的，因此，毛筆先生和杰哥一定都知道了自己老年時的模樣吧。

「杰哥年紀大了以後，跟二十歲時差很多嗎？」我問。

「人都是會改變的啊。雲仔將來也會改變的，不是嗎？」

親愛的阿立，不知道將來的我，會改變成什麼樣子？可是，不管我改變了多少，我想你跟媽媽在我心中的分量，都不會改變。

「這裡實在是太熱了，我要趕緊離開這裡。」毛筆先生說。

「回唐朝？」

「當然嘍，那時候的夏天，比現在什麼二〇一〇年涼快多了。蓋那麼多高樓大廈做什麼？山都看不見了，風也吹不進來。」

「高樓大廈現在才開始蓋呢。等到我出生以後，這裡的樓房比現在還多。」

「真搞不清楚人類在想什麼。」

毛筆先生轉身，往前跳。

「毛筆先生，你要去哪裡？」

「從入口回去啊。」

「對了，為什麼入口會出現在臺北的信義區？」

「我也不知道。可能因為這裡是地震帶吧。地底下有許多斷層，土質又鬆，一不小心，入口就倒向這裡了。以前，入口固定就只會出現在奈良的平城京而已。不過，自然環境變化以後，入口也歪了，分散成幾個。我目前知道的入口就有三個，一個在奈良，一個在西安，一個就在臺北。」

真不敢相信，常常經過的百貨公司電扶梯下，原來一直藏著一個時空入口。

毛筆先生發現我一直跟在他的身後。

「雲仔，你不用送我了。」

「嗯，我不是要送你。我是要跟你一起去。」

「找杰哥？」

我點點頭。

「你還是不死心。」

「對自己感到有興趣的事情，就該堅持。杰哥教我的。」

「不是教你要堅持去找他吧？唉，這樣亂穿梭古今，真的會出問題的。」

無論毛筆先生怎麼說，我還是跟他一起又回到電扶梯下。

接著，當然又是一陣往頭上又敲又打的過程。一天到晚穿梭古今，如果會出什麼問題的話，我看最大的可能就是腦震盪。

然而，我們最終還是在百貨公司裡。一走出大樓，又是飄雪的夏天。而且雪似乎下得更大了。整片天空都灰濛濛的，好沒希望的感覺。

「二〇四〇年。」我指著遠方廣場的時鐘。

不只沒回到唐朝，還到了未來。

「可惡，又錯了。」

毛筆先生的毛筆頭，整撮毛瞬間發紅，氣得一根根矗立起來。

【穿梭古今讀原詩】

〈送孟六歸襄陽〉 王維

杜門不欲出，久與世情疏。
以此為長策，勸君歸舊廬。
醉歌田舍酒，笑讀古人書。
好是一生事，無勞獻〈子虛〉。

【毛筆先生來翻譯】

好一段時間都閉門不出，也不問人間世事。那麼，勸你回到自己的老家去吧！這會是最好的決定。喝醉了，就在田園中自在的唱起歌來；有空時，就讀幾本古人寫的好書。這就是人生的樂事了啊，不必一定要像是為漢武帝獻上〈子虛賦〉那樣，希望博得別人的讚賞，才感覺受到肯定的喜悅。

【杰哥點石就成金】

這首詩的詩眼是「歸」這個字，以此為全詩的中心，發展出王維對好友孟浩然的安慰。雖然是寫給孟浩然，其實也像是對自己說話。對於在朝廷裡求官一事，已經不再眷戀，回老家自在過生活，反而更快樂。

寫文章時，有時在表面上是藉著對其他的人或物說話，其實當讀者閱讀時，能看出這個對象只是一個轉移，真正寫的是作者的一種自我思緒整理。這也是種寫作的手法。

第四章

水鄉臺北的重逢

童顏若可駐，何惜醉流霞

即使沒有仙酒，來到二〇四〇年，
我們依然保持著過去的容貌。

親愛的阿立，要是你聽了我說毛筆先生的事情，會覺得我瘋了嗎？

「讓我也看一看吧！」我想你會這麼說的。你不會認為這些都是我的胡說八道，反而會站在我這邊，希望跟我一起見證這些東西。正是因為如此，我們才能成為好朋友。

這件事情，我想我是沒辦法跟媽媽說的。

「時間紙」筆記本已經夠奇幻了，現在又多了個毛筆先生，換作任何人在現實生活中聽到，恐怕都會覺得太扯。要是我去看心理醫生時，說了這些奇遇，

那還得了呢？可能會被帶進精神病院了吧。

不過，這種種不可思議的事情，對我來說雖然很驚訝，卻不覺得離奇。老實說，在遇見杰哥和毛筆先生之前，我還曾經想像過更誇張的事情呢。

這世界上既然有無法預料到的分離，也就會有難以想像的奇遇。

二〇四〇年的臺北，是我二十三歲時的臺北。

我從來沒有想過可以回到古代，卻偶爾想過十年後的未來。學校裡的作文，不常會要我們想像未來的自己，或者未來生活當作寫作題材嗎？可是，當我真正來到十年後時，我必須說，班上所有人寫的作文恐怕都只能拿到一級分。

因為，二〇四〇年臺北的一切，誰也沒辦法寫得出來，太出乎意料了。

「我們來到了水上樂園嗎？」毛筆先生問我。

「嗯，我想，我們還是在信義區的，只是……」

只是，這裡變成了水鄉澤國。

雖然還不至於要到划船的地步，可是，積水已經讓地面都消失了。沒辦法開車和走路，因此路上只好架起一座座高架道路來。有行人走的高架道路，也有車子走的。信義區本來就有不少空橋的，但原本只是百貨大樓間的聯絡通道，現在幾乎所有的空間，都上上下下交疊著高架道路。

放眼望去，除了這些高架道路以外，全部都是積水。積水呈現著渾濁的狀態，當然別妄想水裡會有魚了。畢竟，這裡不是唐朝啊！

想到這裡，又看到眼前的狀況，我竟然有點生氣。

「怎麼會變成這樣？」

「好冷哪！」毛筆先生顫抖了一下。

天空下著大雪，幾棟百層樓高的大樓，已經見不到頂端。

這十年發生了什麼事情？整個大自然被破壞得更嚴重了吧。不知道是不是整個臺北都積水了？恰好有人從高架道路上下來，我攔住她。是一個國小女生。

「請問信義線捷運站，現在在哪裡？」我問她。

「捷運？你是說地下船吧？在這棟百貨地下樓就有港口啦。」她回答。

「地下船？你說的應該是地下鐵吧？」

「船跟鐵，我怎麼會搞錯呢？我天天在搭呢。」

一會兒，有個老伯伯走過來，聽見了我們的對話，皺起眉頭來。

「小夥子，你沒搞錯吧？你說的事情，是十幾二十年前的樣子。自從豪雨不斷，下起異常大雪，再加上海平面上升以後，積水愈來愈嚴重，地下鐵當然也都泡湯了。電車沒辦法走，隧道還是在的，只好開發出地下船來，多少還能利用地下軌道，通往想去的地方。」

我聽了傻眼，說不出話來。

老伯伯原本眉頭深鎖的，突然無奈的笑起來。

「那船可慢著哪。不過配合我這老頭的速度，恰恰好。因為有時候比走高架橋還慢，很多年輕人耐不住性子，都不搭了。空位多得很呢，全部都是博愛座！」

老伯伯走了以後，躲在我口袋裡的毛筆先生這才探出頭。

「看來我在雲仔的口袋裡比較安全。一不小心掉到水裡，我的頭髮就溼了。我討厭溼答答的感覺。」他說。

我還沒有回過神來時，忽然有人喚了我的名字。

「雲仔！」

我一轉身，驚喜的看見了杰哥。

「喔喔，這下子，可真的讓你找到杰哥了。」

毛筆先生既沒有腳也沒有翅膀，可是動作快得很。咻的一聲，便從我的口袋，跳進了杰哥肩膀上的布包裡。

「不如去喝一杯吧？」

杰哥的相貌清秀，看起來應該是猶豫不決的，但性格卻非常豪邁。雖然上次在蒙面客的挾持下而分離，可是這一次見面時，卻是以「去喝一杯」作為開場。說實在的，能夠再見到杰哥，上次發生什麼事情，一點也不重要。

「童顏若可駐，何惜醉流霞。」杰哥說。

「童顏？也是王維的詩？」

「這首是王維的好朋友，孟浩然寫的。說的是時間過得很快，青春一下子就會逝去，想留也留不住。不過，要是有什麼仙酒喝了以後，能夠永保青春，那麼喝到爛醉也值得。」

「真有這種仙酒嗎？」

「就算沒有這種酒，喝過酒之後臉色紅潤得像是小嬰兒，就好像是永保青春了。總之，大家開開心心在一起聊天，心情好，就會年輕。」

「杰哥喝酒，我喝茶。別忘了，我還是未成年。」

「即使是二〇四〇年嗎？看你還是十三歲，而我們兩個還是二十歲的模樣，可說是『童顏真可駐』了。」

當杰哥說「我們兩個還是二十歲」時，我才注意到杰哥身旁還有一個男生。他的身高不高，穿著日本夏季慶典時，男生常穿的傳統和風浴衣。

「對了，雲仔，跟你介紹新朋友。他叫做阿倍。我們都叫他阿倍君。」

阿倍君有禮貌的向我點頭，「你好，我是阿倍君。我是日本人，初次見面，請多指教。」他的國語發音雖然不是很標準，卻是充滿誠意的。

我們三個人走在室內空橋裡。空橋外飄著大雪，腳底下是一片汪洋。

親愛的阿立，這感覺真的很奇怪。

我們都不是這個年代的人，此刻卻走在一起。即使沒有仙酒，來到二〇四〇年，卻依然保持著過去的容貌。

親愛的阿立，我有點想看看二十三歲的我。

二十三歲的我，已經是可以大口喝酒的年齡了。而十二歲就離開人間的你，如果也能來到二〇四〇年，應該也是永遠停在十二歲吧。

我想，我也會學杰哥那樣，對你說一句：「不如去喝一杯吧！」

當然，你必須喝茶才行。

你是永遠的未成年。

【穿梭古今讀原詩】

〈清明日宴梅道士山房〉　孟浩然

林臥愁春盡，開軒覽物華。
忽逢青鳥使，邀我赤松家。
金竈初開火，仙桃正發花。
童顏若可駐，何惜醉流霞。

【毛筆先生來翻譯】

高臥在林泉之中，憂愁春天就要走到盡頭。因此決定打開窗子，欣賞美景。忽然巧遇梅道士的使者，邀請我到梅道士的家裡作客。在梅道士的家裡看見正在煉丹的爐子，傳說中的仙桃花也正盛開。倘若這裡真有可以永保青春的仙酒的話，那麼不惜也要好好大醉一場，把臉喝得通紅，不醉不歸。

【杰哥點石就成金】

這首詩的詩眼是「愁」這個字。孟浩然開頭寫著憂愁春天的易逝，其實是憂愁青春的短暫，容顏的老去。「忽逢」兩字為這份憂愁帶來一線轉機，原因是友人梅道士的邀訪。雖然人間不可能真的有不老仙酒的存在，不過對作者而言，能夠跟好友在一起飲酒暢談，把臉醉得通紅，像是小嬰兒紅嫩的皮膚一樣，便也像是回春了。全詩的結構很扎實，幾乎是一句扣著一句。作文裡段落與段落之間，也必須有邏輯，環環相扣。

春眠不覺曉，處處聞啼鳥

不要去改變歷史，
不要去改變會發生的事情。
否則，事情都會亂掉了。

我想，杰哥應該不是第一次來到二〇四〇年。

他帶著我和阿倍君，比我還要熟門熟路的，在二〇四〇年的臺北信義區裡穿梭。杰哥和阿倍君兩個人的興致很高昂，找了間餐廳吃完飯以後，又到咖啡館裡續攤喝飲料。

「杰哥不是想要喝酒嗎？怎麼今天只喝咖啡？」我問。

「因為阿倍君是第一次離開自己的年代，從來沒喝過咖啡這種東西，我想讓他嚐嚐。阿倍君，感覺如何呢？」

阿倍君偏著頭，露出不解的表情。

「這個嘛，有點像是中藥的味道。很苦。」

我笑了出來。

「我也這麼覺得，」杰哥也笑起來，說：「我第一次穿梭古今喝到咖啡時，嚇一跳。心裡想啊，後代的人身體都不好，路上開了那麼多的中藥店，大家還習慣到店裡聚在一起吃中藥！雲仔喜歡喝咖啡嗎？」

「加了糖的冰咖啡，我很喜歡。」我說。

「加了糖的冰中藥。」阿倍君搖搖頭：「還是熱抹茶好喝。」

過了一會兒，我問阿倍君：「阿倍君跟杰哥是同一個年代的人嗎？」

「對啊。我是『遣唐使』，遠從日本到長安學習的。」阿倍君說。

「遣唐使？」

「用現在的話來說，就是留學生。」杰哥補充。

「好酷喔！那時候就有留學生了。」

杰哥好像在猶豫些什麼，然後才開口：「阿倍君認識王維。」

「真的還假的？那一定要跟我再多說一些關於王維的詩和他的事情。自從杰哥常常跟我介紹王維的詩以後，王維已經變成我最喜歡的詩人了。」

阿倍君看杰哥一眼，兩個人不知道為什麼，一臉想笑又不敢笑的模樣。

「對了，雲仔，真抱歉，上次的事情。」杰哥開口說。

「蒙面客的事情嗎？不用介意啊。我想，杰哥當時一定也有困難吧。」

「那個蒙面客是所謂的『時間監視員』。」

「時間監視員？」

「嗯。管控我們這些在體質上能夠穿梭古今的人，希望我們不要亂來。」

「不要亂來的意思是什麼？」

「就是不要去改變歷史，不要去改變會發生的事情。否則，之後的事情會整個亂掉了。」

「可是我跟著杰哥去唐朝，只不過四處逛逛而已，並沒有改變什麼歷史啊，為什麼蒙面客要把我抓走？」

「這一點也是我很納悶的。所以當蒙面客說，我這樣是破壞了規則，我也感

到很困惑，所以一時愣住，只好聽他的話。」

「如果不聽他的話，會怎麼樣呢？」

杰哥聳聳肩說：「不知道。聽說會被流放到最糟糕的年代，再也回不去原本的世界，甚至還會忘記自己是哪個年代的人。於是，常常會覺得跟別人很難相處，感覺非常孤單寂寞。那是因為，本來就不是那個時代的人哪。」

親愛的阿立，杰哥這麼一說，我忽然懷疑，要是沒有遇見你的話，幾乎沒什麼朋友的我，還真的應該懷疑，我其實不是二〇三〇年的人。

那天晚上，我們三個人投宿在附近的一間小旅館。

我應該回家睡覺的不是嗎？畢竟我家就在臺北呀。

可是，二〇四〇年，我的家是否還在原來的地方，我並不清楚。

本來還下著大雪的，非常寒冷，不過深夜睡到一半，卻忽然覺得溫暖起來。隱隱約約聽見外面刮起風來，還下了雨。

我總覺得身體很疲倦，直到第二天起床時，才發現居然已經是中午了。整晚都睡得好熟。

窗戶外的陽光很大，不時傳來小鳥的叫聲。奇怪的是，昨天明明是冷到下雪的天氣，今天卻變得風和日麗，好像忽然從冬天跳到春天，而其實，我沒有忘記現在是夏天。

「早安。」阿倍君對我揮揮手。

「早安。昨天晚上，是不是有下雨呢？」我有點懷疑是作夢。

「有。你看看窗外。」

我低頭看窗外，水面上落著許多樹葉，樹上開出了許多紅色花朵，倒映在水面。說實在的，要是不管這是因為氣候異常造成的積水，這景象還真漂亮。

「天氣真的太奇怪了。忽然又變成春天一樣。」我說。

「春眠不覺曉，處處聞啼鳥。夜來風雨聲，花落知多少？」阿倍君說。

「好美的詩。」

一旁的杰哥解釋：「這首也是王維的好朋友，孟浩然寫的〈春曉〉。說的就像是現在的狀況。春天的舒服氣候，讓人睡到都忘了時間。晚上躺在被窩裡聽見春雨的聲音時，想像著窗外，被大雨打下許多的花和樹葉。」

「很適合春天的一首詩。不過，別忘記現在並不是春天呢。」我說。

「要是孟浩然來到現代，恐怕也會搞錯季節寫錯詩。」杰哥說。

說到現代，我又升起了想去看看二十三歲的我的念頭。我把這個想法告訴杰哥，可是杰哥卻似乎有點為難的樣子。

「等吃完早餐，我們就離開二〇四〇年好嗎？」

很意外的，杰哥避開了我的請求。

我滿腦子塞滿了疑惑。

【穿梭古今讀原詩】

〈春曉〉　孟浩然

春眠不覺曉，處處聞啼鳥。
夜來風雨聲，花落知多少？

【毛筆先生來翻譯】

在春天的夜裡睡著，忘卻了時間，直到聽見窗外的鳥鳴，才發覺已經天亮。回想起昨天夜裡，半睡半醒之間聽到的風雨聲。要是現在推開窗子，會看到多少被吹落在地上的花朵呢？

【杰哥點石就成金】

這首詩可說是以「聽覺感」架構出來的作品。從第一句到第三句都在藉著聽覺，帶出春天的感覺，直到第四句才寫出視覺。不過，這視覺卻是想像的，並非詩人真正看到的景象，而是在尚未推開窗子前的猜測。作文裡的畫面感固然重要，但熟練的聽覺描述，有時卻比直接描寫畫面，更有想像空間。

勸君更盡一杯酒，西出陽關無故人

搭上那座透明電梯就像潛入水底，在好近的距離看著水底公園，以及在水裡游泳的魚。

親愛的阿立，如果你是我，是不是也會想去看一看未來的自己呢？或者想看的不只是自己，而是你喜歡的朋友與家人？我其實也想要關心一下，十年後媽媽的狀況。只是不知道為什麼，當杰哥一聽到我想去看二十三歲的我，顯得有些為難。

這天早上，吃完早飯以後，我們並沒有立刻離開二〇四〇年。杰哥突然改變心意，決定帶我和阿倍君逛一逛這個年代的臺北。當然，行程中並不包括要去找二十三歲的我。

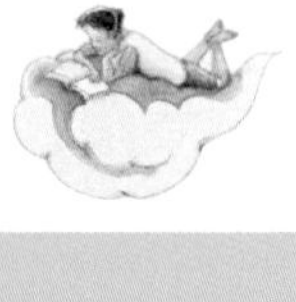

整個臺北和「十年前」——也就是我生活的二〇三〇年都不同了。除了頻繁的風災、水災，再加上地層下陷，導致許多地方都跟信義區一樣呈現積水狀態之外，空氣汙染也變得更嚴重。沙塵暴讓很多地方的人必須成天戴著口罩。

在信義區是一片春暖花開的景象，可是到了西門町卻開始下起豪雨。

走著走著，我覺得很不對勁。終於，我發現了一個奇怪的現象。

「為什麼所有的店家都倒閉了？」

騎樓裡，沒有任何一間商店是開著門的。每個店家都拉下鐵門。

「沒有倒閉，只是所有的店面都從二樓開始。」

「二樓？一樓都不做生意了嗎？」

「現在開始下起大雨，等一會兒你就明白了。」杰哥解釋。

突然，阿倍君興奮的指著前方的道路。他用日文叫了一聲，不知道講些什麼，接著換成中文說：「你們看！整個地面升起來了！」

「沒錯。因為大雨一下，就可能淹大水。有幾次淹得特別嚴重，水深到一樓，損失很慘重。後來，整個西門町也跟信義區一樣高架起來。不過，西門町用了很新的科技，地表能自動偵測雨量，判定可能的淹水狀態，然後地板就會升起來到二樓的高度。沒有淹水時，西門町所有商家的一樓，都變成室內公園。」

「室內公園？」

「嗯，後來大家終於明白綠地的重要，率先以西門町作為示範區。」

「不過，水一淹，公園不也泡湯了？褪水以後，全積著泥巴吧？」我問。

杰哥搖搖頭說：「等會兒帶你們參觀一下。」

我們走在升到二樓高度的道路上，感覺就跟平常在一樓差不多。所有二樓的店家，此刻都像是在一樓了。走到武昌街跟峨眉街交叉口時，我看見一個圓形的噴水池。以前（該說以前還是現在呢？總之是我生活的二〇三〇年）沒有的噴水池。走到噴水池前面時，杰哥要我往水池裡看。

「哇！好乾淨的水。而且，可以看見被淹在水裡的公園。」

我忍不住將手伸進水池，大叫：「竟然還有魚。」

「最新的科技，將西門町的豪雨造成的積水，快速濾淨成乾淨的水。原本在一樓的室內公園，也就變成水中公園。如果西門町示範成功的話，或許將來很

多地方也會這麼做。這樣也算是一種化危機為轉機吧。」杰哥解釋。

「簡直像回到大自然沒被破壞的時候了。」我說。

不過，阿倍君卻說：「可是實際上，卻是破壞了。」

「想下去水底公園看看嗎？」杰哥問。

「可以下去嗎？」

「可以的。有一座玻璃製的透明電梯，搭上它，可以見到水底狀況。」

於是我們跟著杰哥，搭上了他說的那座透明電梯。果然像是潛入水底一樣，在好近的距離看著水底公園，以及在水裡游泳的魚。

「很讚哪！好像是到了遊樂園。」我讚嘆。

「可是，怎麼樣都覺得，一切太人工了。」阿倍君搖搖頭。

回到地上時，我才忽然注意到，現在不是在下豪雨嗎？可是卻完全沒有雨滴。是怎麼一回事？後來才發現，原來天頂也架起了透明天花板，讓陽光能透進來，雨不會落進來。

這一切確實很美好，然而，想一想阿倍君說的，要不是因為地球被破壞得這麼嚴重，也不會有這些補救的方法吧。

對。這些都是補救而已，不是真正能夠改善環境的方法。

二○四○年的臺北半日遊，在離開西門町後接近尾聲。

我們回到了信義區百貨公司地下樓層的電扶梯，那個時光的入口。

「雲仔，從這裡我們又必須暫時分離。上次那樣被蒙面客給拆散，感覺很不好。分別的時候，一定要好好的說『再見』才對。」

「可是，我還想跟你們一起到處旅行。」

「當你離開現實生活，再回去時，因為『時間紙』的抽換問題，通常不會恰恰好抽換回你離開的那一刻。換句話說，你就會失去你原本的一小段生活。雲仔還年輕，應該好好享受這年紀的生活。」

時光旅行也好，或者固定在某個年代、某個地方的旅行也好，親愛的阿立，我覺得跟杰哥聊天時，似乎心情不好的時候都減少了。總覺得，就像是跟你聊天一樣的開心。

「我，還會跟你們見面嗎？」

「我們一定還會見面的。現在我跟阿倍君必須回到唐朝，而你也應該回到二○三○年。我們不能一直離開現實生活，否則有可能會造成許多後遺症。」

杰哥請我將「時間紙」筆記本交還給他。筆記本還給杰哥以後，我就不可能自己任意穿梭古今了。

「說再見前，讓我應景的來唸一首詩吧。」杰哥說。

「這一次換我來。」我阻止了杰哥。

「渭城朝雨浥輕塵，客舍青青柳色新。勸君更盡一杯酒，西出陽關無故人。」王維的詩，前陣子讀到的。在一片美麗又清新的風景中，卻要跟好朋友告別。這時候應該多喝一杯的，因為，在離開這裡以後，就見不到好友了。」

杰哥笑起來說：「是啊，想聊的事情還好多，但又不知道該從哪裡聊起。乾脆先斟一杯酒吧，讓我們也能有再喝一杯酒的相處時間。」

「我喜歡這首詩，喜歡這種感覺。」我說。

「嗯，」杰哥看著阿倍君，笑起來說：「我也喜歡這首詩。」

「可惜，手邊沒有酒。」

「但是有罐裝茶。」

我從背包裡拿出三罐茶來。這會兒可真是「以茶代酒」了。

就這樣，在頭頂一陣暈眩中，我們分別又回到了自己的年代。

【穿梭古今讀原詩】

〈送元二使安西〉　王維

渭城朝雨浥輕塵，客舍青青柳色新。
勸君更盡一杯酒，西出陽關無故人。

【毛筆先生來翻譯】

清晨的渭城在下過一場雨以後，地上的塵土沾滿溼氣，不再隨風飛揚。在投宿的旅社外，滿布著新春的楊柳。臨別前，再多乾幾杯吧，畢竟離開此地，出了陽關之後，可沒有老朋友在那裡跟你一起暢快痛飲了。

【杰哥點石就成金】

描寫送別的詩作。「青青柳色」指的是楊柳，古人離別，多半習慣折柳餞行，因此青柳不只道出詩中的春天季節，更隱喻著離別。寫作時，利用一些具有隱喻性的「實體」物件，代表情感上的「無形」感觸，不但可以幫助自己描述情緒，也能讓讀者一看就明白。

行到水窮處，坐看雲起時

難道，日本叔叔真是我的爸爸？
媽媽，就要跟我分開了嗎？

已經快要秋天了，我都沒有再見過杰哥一眼。

親愛的阿立，有時回想起來，和杰哥碰面甚至穿梭古今的日子，好像是在作夢一樣。該不會真的只是一場夢吧？就好像現在回想起跟你一起玩耍的快樂時光，因為不可能再有了，所以就不像是發生過的事。

然而，這天回家時，另一件不可能發生的事情，卻在我家出現。

住在奈良的日本叔叔，居然坐在我家客廳裡。他的小孩，那個長得好看的日本大哥哥也跟他一起來了。

因為每一次都是我們去日本，從來沒看過日本叔叔來過臺灣，因此看到他時，我竟然有點反應不過來。

「雲仔好！還記得悠仁君嗎？以前你們見過一次面的。」日本叔叔說。

我點點頭，簡單的跟他們打聲招呼後，就先回房間了，心中納悶著他為什麼會出現。特地來臺灣，一定有特別的事情吧？

晚上，媽媽帶我們到「臺北一〇一」旁的大樓吃晚餐。因為下著大雨，在一百二十樓上的空中庭園餐廳裡，幾乎看不到底下的夜景，全被雲霧給擋住了。

雖然會面的地方從日本換到臺灣，可是媽媽和日本叔叔聊天的話題和方式，卻沒有任何改變。一樣是聊著餐桌上的餐點；餐廳裡的擺設；來往的客人；今天來臺北時的飛機有沒有遇到亂流，以及飛機餐會不會很難吃。

跟每次一樣，沒有說到以前的事情，當然，今天為什麼會在臺北見面也沒說。

不在我面前說的事，我也很聰明的不會主動多問。

甜點吃完，飲料也送上來之後，媽媽對日本叔叔說：「每次啊，都在樓下看著這棟比『臺北一〇一』高的大樓，今天托你的福，還是第一次上來展望臺餐廳呢！」

「應該是托雲仔的福呀！小孩子一定喜歡在高樓邊看夜景邊吃飯吧？對不對，雲仔？」日本叔叔說。

我望了望窗外，天氣那麼壞，哪有什麼夜景呢？不過，我還是點了點頭。

總之呢，現在的話題繞到了我身上，代表兩個人能談的東西，差不多都講完了。

「如果是天氣好的時候，在這裡看雲一定很美吧。」媽媽說。

「看雲？不是看夜景嗎？」我好奇的問。

「雲仔不知道媽媽喜歡看雲吧？」日本叔叔笑起來說。

「沒跟他提過呢。」媽媽說。

我知道有人喜歡看星星，有人愛看夜景，有人享受從高樓俯瞰的感覺。可是，我從來沒聽過有人喜歡看雲的。

「雲仔的媽媽喜歡看雲，不管是抬頭看高空中的雲，還是從飛機上低頭看雲海，都喜歡。所以，才把你的名字取了『雲』這個字。雲仔一定不知道吧？」日

本叔叔幫媽媽回答。

關於媽媽的事情，日本叔叔知道的比我還多。

「他從來沒問過自己名字的由來。」媽媽說。

其實不是我不問呀。記得更小一點的時候，我也是什麼都愛問媽媽的。

上幼稚園時，看見別人都有爸爸來接送，我總愛問媽媽：「爸爸什麼時候會來接我？」大概是問得太多次，最後媽媽發了脾氣，我就不再問了。

從那以後，很多事情我也都不問了。

「行到水窮處，坐看雲起時。」媽媽忽然唸起兩句詩來。

「是什麼意思呢？」我問。

「光是這兩句詩，意思是說不知不覺走到了路的盡頭，無路可走了，不知道怎麼辦才好，可是卻一點也不擔心。乾脆坐下來，抬頭欣賞天空中白雲的形狀和變化吧。」

「不害怕迷路嗎？」我問。

「一般人要是這樣迷路，確實都會操心的。不過寫這首詩的王維，當時已經不是年輕人了，經過很多大風大浪以後，認為什麼事一定都有解決的方法。所以，就算是迷了路，也不是壞事，恰好可以欣賞本來看不到的風景。」

「要是在沒去過的地方迷了路，我會很害怕，才不會有心情坐下來欣賞雲的變化呢！」我說。

媽媽跟日本叔叔笑了起來。

仔細想想，我其實已經有過類似的迷路體驗了。只不過是在穿梭古今的路上，去錯了年代，而且不是一個人。杰哥、阿倍君或毛筆先生總會出現在我身旁。

一直講著唐詩的東西，完全聽不懂中文的悠仁君看起來有點無聊。

「雲仔，悠仁君是第一次到臺北，帶他到樓下的商場逛逛吧。」媽媽對我說。

日本叔叔翻譯給悠仁君聽以後，他點點頭。我於是就帶著他離開展望臺餐廳，到樓下的商場逛逛。

逛著逛著，我忽然想買個文具，卻發現身上沒帶錢，於是請悠仁君在原地等，我回到展望臺餐廳找媽媽拿錢。

進餐廳以後，走過飲料吧的後方時，我看見媽媽跟日本叔叔，正背對著我在拿飲料。我準備出聲叫媽媽，忽然聽見媽媽對日本叔叔說了一句讓我嚇一跳的話：「能不能讓雲仔，至少在臺灣念完中學再移民到日本？」

移民到日本？我趕緊躲到飲料吧旁邊的櫃子後方，那裡仍可以聽見他們的對話。

「其實，最早是說小學就要讓他來的，不是嗎？你捨不得他，所以就讓他在臺灣念完了小學。現在，又準備念到中學了。我是覺得，最遲，應該在中學三年級以前到日本來，這樣高中跟大學才有機會申請到好學校。」

「難道不能暫時維持現在這樣，讓雲仔還是跟我住，然後一年到日本一、兩次和你碰面？如果需要的話，一年四次也可以。」媽媽央求著。

「這樣我很難跟我的父母交代。我也不希望讓你難過，可是你知道的，雲仔的監護權是在我這裡，我母親老是會拿這一點來逼我。」

「以前談監護權的時候，我還沒有好的工作，沒什麼錢。可是這兩年不同了，我的經濟基礎比較好，雲仔的生活跟教育開銷，我可以獨力負擔了。」

「可是，你不也認為讓雲仔到日本，那裡的環境對他來說比較好嗎？雲仔在那個西安朋友過世以後，罹患憂鬱症，是你跟我說，心理醫生建議讓雲仔換一個完全不同的環境生活，對他比較好。不是嗎？」

日本叔叔說完以後，媽媽沉默了下來。

「行到水窮處，坐看雲起時。事情不會像你想像得那麼嚴重的。」日本叔叔說。

「這首詩，不能這樣用。對我來說，雲仔是這世界上最重要的人，要我這麼隨性的面對跟自己的骨肉分離這件事，我辦不到。」媽媽哽咽了。

這到底怎麼回事？我為什麼非得跟日本叔叔去日本不可？什麼又是監護權？有了監護權以後，我就得聽他的話嗎？

難道，日本叔叔真的是我的爸爸？

媽媽，就要跟我分開了嗎？

老實說，我確實曾經懷疑過、幻想過日本叔叔就是我的爸爸，可是，現在我一點也不想要了！我不想要離開媽媽。二〇三〇年的現在，還有未來，不管

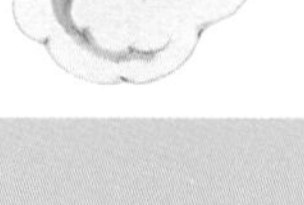

日本的生活條件跟環境保護是不是真的比臺灣好，我還是要留在臺灣。

突然，我升起一個念頭。

【穿梭古今讀原詩】

〈終南別業〉　王維

中歲頗好道，晚家南山陲。
興來每獨往，勝事空自知。
行到水窮處，坐看雲起時。
偶然值林叟，談笑無還期。

【毛筆先生來翻譯】

中年以後厭棄了仕途生活，決定在晚年到南山陲這樣一個寂靜的田園裡生活。興致來時，就一個人到處走走，欣賞美景，看見了什麼讓人心曠神怡的景象時，就算無人分享，只有自己心領神會也無妨。隨意而行，散步到河流盡頭而無處可走時，索性就坐下來，悠閒的抬起頭來，欣賞天空中雲朵的移動和變化。偶然遇到了住在山林裡的老人，聊起天來，有說有笑。因為太盡興，以至於要到什麼時候才回家，也很難說了。

【杰哥點石就成金】

這首詩展現出一股極為「悠閒、想開了」的心境。尤其是詩中的「偶然」二字，更突顯出不再按照忙碌計劃過日子，悠閒自在的心境。晴朗天空裡的「雲」本來就帶著隨風飄動，舒緩與悠閒的感覺，因此使用「雲」的意象，恰好能帶出作者的心境。在作文當中，描寫戶外景色時，不妨練習挑選自然景物，結合想要傳遞的心境。

第五章

可以改變的未來

還將兩行淚，遙寄海西頭

做自己最重要！
要我偽裝成什麼自動鉛筆，
我一點都不習慣。

知道未來的唯一方法，就是走進未來。

走進未來，一切就會真相大白了。我想要知道我的未來，是不是真的會因為日本叔叔而改變。日本叔叔真的是我的爸爸嗎？可是，就算日本叔叔是我的爸爸，我也不要因為這樣，而跟養育我、照顧我、關心我的媽媽分開。

我告訴自己，如果未來是會讓媽媽難過的結果，那我一定要阻止這件事發生。

離開大樓，我衝向一旁的百貨公司。我當然不會忘記，在那棟百貨公司地

下室電扶梯下，藏著進出時空的入口。

可是，當我站在電扶梯下的盆栽旁邊時，卻不知道該怎麼辦才好。因為，我已經沒有杰哥的「時空筆記本」了。

沒有了杰哥的筆記本，該怎麼去看未來的我呢？

其他的筆記本可以嗎？說不定只要擁有穿梭古今的體質，在時空的入口前，任何一本筆記本，都可能把人送往不同的年代？試試看好了，反正也沒有其他的辦法了。

我跑到百貨公司樓上的文具部，去買了一本很普通的筆記本，然後又匆匆忙忙的回到電扶梯下，躲到盆栽旁。打開筆記本，我全神貫注的默唸著要進入未來，然後高高舉起筆記本，往自己的頭上砸下來。

砰的一聲，一陣劇痛以後，我的眼前一片模糊。

啊，好痛、好痛！就要進入未來了嗎？

沒多久，我眼前的景像終於逐漸清晰。然而，令人失望的是，我發現，世界並有改變。百貨公司鐘錶專櫃上掛著的電子時鐘，仍顯示著二〇三〇年。

唉，我真傻。這不過只是一本普通的筆記本呀，我怎麼會幻想，它也能跟杰哥的筆記本一樣，擁有抽換時間紙的魔力呢？

我垂頭喪氣的坐在地板上。正當我覺得已經沒有任何辦法的時候，突然，在我剛剛買的筆記本的紙袋裡，發出奇怪的聲音。

我既好奇又有點緊張的，準備伸手去打開紙袋。就在我的手還沒碰到之前，不知哪來的一陣風，突然將紙袋吹起來。紙袋飛起來的瞬間，我看不太清楚，但感覺有個東西從紙袋裡掉出來，然後那東西很快的往盆栽後面滾動過去。

奇怪，是什麼東西呢？明明記得，我只有買筆記本，而且剛才把筆記本拿出來時，也不記得袋子裡還裝有其他東西。

我緩緩的朝盆栽那兒移動，此刻，完全沒有任何聲音了。最後，我在盆栽的後面，看見一支自動鉛筆。我將它拿起來，上下左右觀察得很仔細，但實在看不出有什麼特別的，也不明白為什麼會從紙袋裡掉出一支自動鉛筆來。

既然是支自動鉛筆，很自然的，我就按了幾下壓頭。

咦？總覺得按下去時怪怪的，跟一般的自動鉛筆不太一樣，可又說不出來

是哪裡不同。再壓壓看吧！我又連按了好幾下，於是，聽見一種奇怪的聲音，微弱的從自動鉛筆裡面冒出來。我一邊連續按著壓頭，一邊用力搖了搖筆管，想聽聽那聲音有什麼變化。

突然間，自動鉛筆竟然冒出一陣煙來。

「拜託你，別搖了行不行哪！」

很快的，自動鉛筆爆裂開來，在煙霧中又掉出一個東西。

「你再按，我頭髮都要掉光了！」

我一看，竟然是毛筆先生！

他的筆毛亂成一團，還掉了一小撮在地上。

「唉，還是做自己最重要！要我偽裝成什麼自動鉛筆，我一點都不習慣。我最驕傲的就是這頭長髮呀，結果竟然要我把整顆頭都塞在一頂橡膠安全帽裡，真是！」

「那不是安全帽，那是筆蓋跟橡皮擦啦。」

「唉呀，總之是個怪東西。一直要縮脖子，給人低頭，才能寫出東西來。真沒志氣。像我們毛筆，頂天立地的不好嗎？多有氣勢哪。真不明白為什麼現代人都不要我們了。」

毛筆先生甩了甩頭，很瀟灑的把筆毛給弄順。

「毛筆先生，你為什麼要偽裝成自動鉛筆？又為什麼會出現在這裡？」我問。

「還說呢。瞧瞧你這副沮喪的模樣，這樣下去，不必等到世界末日，馬上天都要塌了吧。是杰哥要我來偷偷看顧你一下的，結果沒想到，我露出了馬腳。」

「杰哥要你來的？你們都知道我發現了什麼事情嗎？關於媽媽和日本叔叔的事？」

「別忘了杰哥能穿梭古今。雖然你沒看見我們，我們可是隨時都知道你的狀況的。」

「原來杰哥一直都在關心我。」

毛筆先生清了清喉嚨，說：「還有我本人。」

「為什麼最近都不再出現了？我以為你們再也不會來了。」

「最近『時間監視員』抓得很緊。為了有效控管歷史和未來的發展，準備立一條新法規，說是要穿梭古今前必須先申請。真是不可理喻。杰哥年輕時的性格，一向熱中於這種不公的事情，所以近來忙著去抗爭。」

我想起以前毛筆先生說過，杰哥年輕時對政治和社會上的事情很關心，到了中年以後，就不再過問這些人事。

「我很想見到你們。」

「我們也是哪。還記得阿倍君嗎？他也老念著希望可以再來找你。我們都很想你，只差沒有『還將兩行淚，遙寄海西頭』那麼嚴重而已。」

「還將兩行淚，遙寄海西頭？」

「這是孟浩然的詩作。是一首思鄉懷友的詩，因為遠離好朋友，看到眼前的大山大水，感到很孤單。想念到哭了出來，只好幻想著江水把自己的淚水，流向遠方的朋友。懂嗎？就是很想念的意思啦。」

「我無法想像毛筆先生哭的樣子。」

「筆毛會黏成一團的。很醜！」毛筆先生自嘲。

「只好戴上橡膠安全帽遮醜了。」

「我才不要。」

我們忍不住笑出來。

「所以你別讓我哭，要過得開心點！」毛筆先生說。

我沉默著沒有說話。

「總之，杰哥就是不希望雲仔變得太憂傷，所以請我過來看看，怕你發生什麼事情。」

他指的是我的憂鬱狀況吧。我並不驚訝他們會知道我的狀況，畢竟，他們是從唐朝來的，見識過了幾千年來的人與事。

「可是，我還是想去未來，看看以後的我跟媽媽。」我說。

「最好不要去看未來的自己。穿梭古今在技術上，當然是可以去看未來的自己，不過，大家都不鼓勵這麼做。因為，大多數的人，一定會被看到的結果給影響的。人其實是有情緒的動物，不管未來的自己是好是壞，絕對會影響到此時此刻的現實生活。」

「可是，我想要阻止壞結果的發生。」

「傻孩子！要阻止壞結果的發生，根本不必去未來。你應該現在就要開始行動想辦法！」

「毛筆先生說得很有道理。我現在就要想辦法，到未來去。」

毛筆先生原本矗立著尖尖的筆毛，像是洩氣的皮球，唰的一聲，全垂了下來。

【穿梭古今讀原詩】

〈宿桐廬江寄廣陵舊游〉 孟浩然

山暝聽猿愁，滄江急夜流。
風鳴兩岸葉，月照一孤舟。
建德非吾土，維揚憶舊游。
還將兩行淚，遙寄海西頭。

【毛筆先生來翻譯】

在日暮的深山裡聽見猿聲是如此的哀愁。入夜以後，感覺到滄江湍急的水流聲。急促的風拍吹著河岸兩畔的樹，發出窸窣的聲音；夜空中的月亮，靜靜的照著河上漂浮的一葉孤舟。建德並不是我的故鄉，在這裡滿腦子的回憶，都是關於揚州的老朋友。思念太深，忍不住落下淚來，只能想像藉著滄江的河水，將我的兩行熱淚流向大海，帶給在大海西頭的他了。

【杰哥點石就成金】

這首詩的情緒，濃縮在詩中寫到的「愁」、「急」和「孤」三個字，使得整個作品營造出濃濃的孤獨感。為了帶出內心的孤寂，詩人從深山裡聽見的猿聲開始描寫，到江水上的孤單木舟。寫作手法上有種從濃厚的憂傷、江水般的激動到孤寂的層次感。作文時，在描述感覺也好、景物也好，擁有「層次感」才能使文字讀來有種立體起來的感覺。最末兩句，其實是不可能發生的事情，但因為將這種不可能寫入文中，反而讓讀者心生同情。

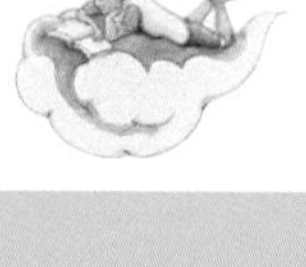

九州何處遠，萬里若乘空

當我轉過巷口、抵達我家時，
居然發現我的家，一整棟樓，都不見了。

毛筆先生看著我，一臉沒辦法的樣子。

他嘆了口氣，搖搖頭說：「其實杰哥真是不准我這麼做的。但是，說服我吧，雲仔。想辦法再找個什麼好理由，來說服我吧，好讓我比較沒有罪惡感。」

我微笑起來，將毛筆先生給捧起來，靠近自己的臉頰。

「我就知道毛筆先生是願意幫我的！謝謝你！」

「唉呀、唉呀，好癢啊！」毛筆先生被自己的筆毛給搔得打了個噴嚏。

「我還沒說要幫你啊！你還沒說服我，讓我覺得非幫你不可。」

我二話不說就開口：「生日禮物。就當作是我的生日禮物吧！」

「很爛的謊言耶。」毛筆先生說。

「真的是我的生日啊。就是明天。」

我掏出身分證給他看，他一看，笑了起來。因為我沒有騙他，身分證上確實記載著明天是我的生日。

「這種理由的確是令人不能拒絕的。」他呵呵的笑著。然後喃喃自語：「生日禮物，也是應該的。杰哥不會怪我的啦。」

接著，毛筆先生突然從地板上跳起來，從我的頭上方急速墜下。

說也奇怪，我完全沒有任何感覺，可是，當我一眨眼，下一秒鐘卻發現眼前已經不是剛剛的景象了。我並不是在百貨公司的電扶梯下。

我身處的地方像是個海港，海風呼呼的吹著。不遠的前方，停泊了一艘大木船。

這似乎不是我要去的未來。這是哪裡？毛筆先生也不在我的身旁。

我往那大木船停泊的地方走去。終於在比較靠近時，看見了人影。

我一時反應不過來，只覺得在港口那些人的衣服很特別，好像在哪兒見過。在哪裡呢？嗯，我想是在唐朝吧。

唐朝！我心裡一驚。再仔細看了看，確實是我曾經跟杰哥一起來過的年代。那些人的穿著打扮，這地方所散發的氣氛，以及清澄的空氣。

毛筆先生沒有把我帶到未來，卻讓我來到了唐朝。

不久，我在港口那群穿著古裝的人群裡，瞥見兩個熟悉的面孔。是杰哥和阿倍君！但是，眼前的他們兩個人，比一直以來我所認識的他們，看上去年長許多。而且，此刻的他們，不知道為了什麼事情顯得非常憂傷。以至於原本想要上前和他們相認的我，只敢躲在角落裡偷看。

「積水不可極，安知滄海東。九州何處遠？萬里若乘空。」杰哥對阿倍君說。

「是啊，中國以外，哪裡最遠呢？恐怕就是日本了。大海如此遼闊，要安全回到日本，有時比登天還難呀！」

回日本？阿倍君要回日本了嗎？這艘停泊的大船，原來是要載阿倍君回家鄉的。而大家今天聚在這港口，想來是要替阿倍君送行的。

看著他們兩人憂傷的神情，我突然意識到，這時候的杰哥和阿倍君，還不知道自己是有辦法穿梭古今的。因為，要是明白自己有特殊的體質，能夠抽換時間紙來去自如，就不會覺得日本跟中國的距離有什麼問題了。

「鄉樹扶桑外，主人孤島中。別離方異域，音信若為通！」杰哥又說。

「是啊，回到日本以後，分隔在那麼遙遠的兩地，短時間也很難聯繫到彼此。但是，王維兄，只要有你的祝福，我一定會很幸運、很平安的回到日本。」

王維兄？他不是杰哥嗎？為什麼阿倍君要叫他王維？

是那個詩人，王維嗎？如果真的是，為什麼杰哥不直接承認呢？

但無論他們是誰，只要見到此時兩人的表情，一定都會跟著悲傷起來的。

親愛的阿立，這種離別的場面，再次令我想起了你。我曾經也是這樣難過的與你分離。

同時，我也想起了媽媽。

不久的將來，我是不是就得被迫離開媽媽呢？我從未想過有一天，媽媽要是失去我的感覺會是什麼。親愛的阿立，我因為深陷在失去你的情緒裡，完全

忽略了媽媽的感受。如果日本叔叔（我有點不想承認，他可能是我爸爸）不問我要或不要，就強行帶走我，媽媽一定會比眼前杰哥送別阿倍君，來得更為悲傷吧。

我突然間想到，每次媽媽帶我到日本，見過日本叔叔以後，她的心情總是不太好，並不只是她跟日本叔叔之間的事情，而是因為我。

阿倍君向杰哥（或者他真的是王維？）深深鞠躬，杰哥也回禮。然後在一陣強風吹來時，阿倍君轉身，準備登上木船。

忽然回過神來的我，好奇毛筆先生為什麼把我送到這裡來？

瞬間，從海上襲來一陣強風。那風劇烈得令人驚駭，停泊的木船搖晃不停，港邊的每個人都不得不蹲下來，包括我在內，甚至必須找個身邊能拉住的東西才行，不然感覺就要被吹走了。

這強風毫無停止的感覺。港邊的沙被捲了起來，原本乾淨的空氣頓時變得汙濁，太陽被遮蔽了，天空黑成一片。

世界末日嗎？這裡不是唐朝嗎？

不到五秒，天空又明亮起來。但是，這會兒變成下著大雪了。

本來眼前的港口，現在變成一條又一條的高架道路。高架橋之間，穿插著許多摩天大樓。我又換到另外一個時空了嗎？這種突然間搞不清楚自己身在何時何地的感覺，竟令人有些害怕。

靜下心來，我發覺自己來到之前也來過的二〇四〇年。

也就是可以看到二十三歲的我和媽媽的這個世界。

我還記得當捷運都被淹在水底下以後，怎麼利用原來隧道搭船的地點。我找到當年的信義線，搭上潛水的地下船，坐到我家的那一站。

親愛的阿立，當船到了我家那一站，我走出站，往家裡的方向靠近時，我愈來愈緊張。老實說，我大概知道為什麼毛筆先生會說，不鼓勵人們去未來看自己了。

終於，當我轉過巷口，抵達我家時，親愛的阿立，你不會相信我居然看見了什麼。

我的家，一整棟樓，都不見了。

【穿梭古今讀原詩】

〈送祕書晁監還日本國〉 王維

積水不可極，安知滄海東。
九州何處遠？萬里若乘空。
向國惟看日，歸帆但信風。
鰲身映天黑，魚眼射波紅。
鄉樹扶桑外，主人孤島中。
別離方異域，音信若為通！

【毛筆先生來翻譯】

滄海茫茫像是不可能抵達的盡頭，怎麼能夠知道在海的另一頭是什麼樣的狀況呢？中國以外，哪裡是最遠的地方呢？我想那一定就是千萬里之外、遙遠的日本了。

向著日出方向回鄉的海路上，只能憑著幾片風帆、幾支木槳，在風中搖蕩到目的地。

一路上恐怕會出現把天空給遮蔽的巨大鰲魚，或是魚眼裡迸射出紅光的怪魚。相信最後你仍會突破萬難，回到自己的祖國。可是，如此遙遠的異鄉，也難以即時互通音訊哪！

【杰哥點石成金】

雖然是首離別的詩作，但在文句之中，王維精采的描寫出中國和日本之間，茫茫大海的澎湃場面。最有特色的是，王維並不直接去寫大海的危險，繞了一個彎，從海上詭異的景象，襯托出遠渡重洋的挑戰。作文時，文字也可以成為畫筆，讓畫面染滿顏色。例如，在「鰲身映天黑，魚眼射波紅」這兩句話中，巧妙的展現四種顏色：藍天、黑色、海洋藍與紅眼，讓畫面感因為這些顏色的組合更顯詭異和神祕。

當路誰相假？知音世所稀

不能看見確定的未來，
但是你可以看見自己。

絕對沒有錯的，我的家就是在這裡。

可是，現在什麼都沒有了。旁邊的建築和風景都沒有改變，只有我們家消失了，原本一大棟公寓，如今只剩下一片平地。

實在是太震撼了，以至於我的頭腦一片空白，只能呆呆的站在原地，像是迷路一樣，失去方向感，完全不知道接下去該怎麼辦。

我的家在哪裡呢？我該怎麼知道，這個年代的我和媽媽到底在哪裡？

我慢慢的走到空地上。好安靜，周圍一點聲音都沒有，只有偶爾幾陣風吹

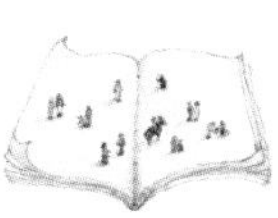

過空地周圍的大樹時，樹葉發出的窸窣聲。

我當然還記得，我的家原本應該是在空地的那個位置。我們家的入口；我的房間；媽媽的房間。客廳的窗戶是在這裡，然後從右邊看過去，就能瞥見一棵大樹。

「在雲仔還沒出生前，這棵樹是會開花的喔！媽媽年輕時，常常在開花的時候，躺在樹下面。」記得媽媽曾在窗臺上，指著這棵樹告訴我說：「可是，自從氣候變化，臺北經常淹水、經常鬧旱災，甚至還下起雪來之後，就再也沒見到這棵樹開花了。」

「躺在樹下面有什麼好玩的？我比較想要爬到樹上面。」

記得我曾經這麼回媽媽。那時候的我，應該還只是個小學生。

我走到大樹下，想起媽媽的話，於是也躺了下來。

在這裡生活了十三年，每天只是經過家門前的這棵大樹，從來沒有想過要跟媽媽一樣，躺在樹下試試看。當我躺在樹下，眼睛望著天空時，忽然發覺明明是一樣的天空，可是躺下來看的天空，似乎突然變大了。

空氣汙染得很嚴重，灰濛濛的，什麼也看不到。

「不過，在媽媽年輕時，地球環境還沒被破壞得這麼誇張，應該看到很不同的景色吧。」我自言自語的說。

「當然很不同，否則雲仔的名字，就不會叫做雲仔了。」

竟然有人回我的話！是誰？

我嚇得立刻從地上跳起來。

「杰哥！」

我喜出望外的看見杰哥，出現在空地上。

我已經習慣杰哥總是來無影又去無蹤。

「雲仔的媽媽喜歡看雲，雲仔知道嗎？」杰哥問我。

「嗯，我知道。不過，是剛剛才聽說的。」

雖然是說剛剛，要是以現在的時間點來說，卻已經是十年前的事情了。

「以前，雲仔的媽媽經常躺在這裡，喜歡上了看雲，所以當你出生時，才想將你的名字取了雲這個字。」

「之前媽媽的一個朋友也說過這件事。杰哥，我的家不見了。我想要到未來，看看我跟媽媽的狀況，可是，連家都不見了。」

「雲仔的家沒有不見。」

「沒有不見？可是，明明變成一片空地了。」

「那是因為雲仔沒有『權限』的關係。」

「權限？」

「對。穿梭古今其實是一件很複雜的事情，必須要有很多相關的條件配合才行。有些人雖然可以進到某個年代，但並不表示他就可以看見所有未來的事情。就像是你們常玩的電動，如果你沒有破這一關，是不是就不能進入下一關呢？因為你沒有進入的權限，也就是權利的意思。」

「那為什麼我沒有看見自己未來的權限？」

「因為，一切還有太多變數的可能。可能是這樣，也可能是那樣，連老天爺也都還不確定事情會怎麼發展。」

「我以為老天爺早就決定好事情的發展了。不是有句成語叫做『命中注定』

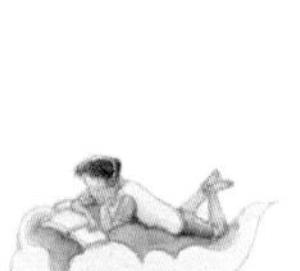

嗎？」

杰哥笑起來說：「大家都不知道，老天爺啊，很忙的。世界上有這麼多人，他哪能全部記住每個人該怎麼樣呢？老天爺啊，有點像是一間供應套餐的餐廳。」

「供應套餐的餐廳？」

「是啊。像是餐廳裡有很多不同的套餐讓你選擇，你點了一號套餐，接下來就會安排好後面一切的食物。要是點了二號餐，食物的組合當然也就不同。比較為難的是，人們無法知道你選擇的套餐裡，到底會端出什麼東西來。不過，其實屬於你的套餐，早就準備好了。」

「誰會想要去這種餐廳啊！」我撇嘴說。

「這只是個比喻啊。」

天空突然飛來一隻色彩絢麗的小鳥。我從來沒見過這種鳥，很稀奇。

杰哥抬頭看著小鳥，微笑起來。

「那隻鳥是個暗示。雲仔很幸運，雖然不能看見自己的未來，但其實已經能知道你有哪些套餐可以選擇。」

「真的嗎？我要怎麼知道？」

「我們一起走到空地的最前面，試試看吧。」杰哥說。

我跟他走到空地的最前方。

「現在請雲仔閉起眼睛，然後默唸著你要看見未來。」

「這樣就可以了嗎？」我挺懷疑的。

「以後就不可以了，但是，現在是可以的。」杰哥說。

我按照著杰哥的方式做，神奇的是，當我再次睜開眼睛時，面前出現一片好美麗的蓮花池。池水中閃爍的水光，彷彿有燈光從水底打上來，是彩色的光芒。那透徹的光芒，像是裝著彩色碎玻璃的萬花筒。空氣好清新，遠方還傳來悅耳的音樂。

天空中，有好多剛剛見到的那種顏色絢爛的小鳥。低下頭，我發現，我跟杰哥各自站在一片蓮花葉上。蓮花一朵朵，從我的腳邊，往前方延伸出一條水路來。

「雲仔，往前走吧！只有現在可以，要好好掌握機會。雖然，不能看見確定的未來，但是你可以看見關於自己未來的許多選項。」杰哥說。

「杰哥不跟我一起去嗎？我一個人，怕怕的。」

「蓮花水路，一次只能容得下一個人。這是雲仔的未來，當然要雲仔自己去瞧瞧。」

「看見了未來的選項以後，接下來，我應該做什麼呢？」

「你會回到現實的生活，也就是二〇三〇年。雲仔那麼聰明，一定會知道該怎麼做的。」

我點點頭。在轉過身子的剎那，不知道為什麼，我突然覺得，這一次跟杰哥告別以後，可能真的再也不會見到他。踏出步伐以前，我回過頭看了看佇立在原地的杰哥。

「欲尋芳草去，惜與故人違。當路誰相假？知音世所稀。」我對杰哥唸了一段最近讀到的一首孟浩然寫的詩。

杰哥聽了以後，露出有些意外的表情。

親愛的阿立，這首詩，其實也是要獻給你的。

沒辦法跟好朋友一起繼續在生活裡分享喜怒哀樂，是好寂寞的事情啊。在成長的道路上，要找到像你、像杰哥這樣關心我的好朋友，恐怕也不是那麼容易的事情。

這首〈留別王維〉是孟浩然當年要和好友王維告別時，送給王維的詩。現在，我將這首詩送給杰哥——也許，就是王維的杰哥。

每往前踏上一片荷葉，杰哥的身影就變得模糊一點。瀟灑的杰哥，一直站在原地對我揮手道別。

終於，看不見杰哥時，我大喊著：「謝謝你，杰哥。我們下次見！」已經不會有下次了，我有預感。

「唸起詩來的時候，就會見面的。」

這句話是什麼意思呢？

杰哥的聲音從遠方傳來，帶著回音的，迴盪在七彩琉璃般的天空裡。

【穿梭古今讀原詩】

〈留別王維〉　孟浩然

寂寂竟何待？朝朝空自歸。
欲尋芳草去，惜與故人違。
當路誰相假？知音世所稀。
只應守寂寞，還掩故園扉。

【毛筆先生來翻譯】

科舉落第以後，連家門前都變得冷冷清清，車馬稀疏了。在這種情況之下，長安雖然如此美好，也沒什麼值得留戀之處，就考慮準備返回老家吧。只可惜此後，就將和好友走在不同的道路上了。世態炎涼的時代，每個人都如此虛偽，誰會真心待人呢？因此能夠尋找到真正的知心好友，真的很難得。看來，寂寞的歸隱老家是唯一的選擇。回到自己的家園關起門來，不問世事。

【杰哥點石就成金】

這是一首離別的詩，卻充滿了對於生活的不滿。從另外一個角度來看，這首詩也顯現出擁有知音好友的難得。「當路誰相假？知音世所稀」便是整首詩真正要傳遞的訊息。在描寫友情的作文裡，該用什麼樣的情緒道出朋友對自己的重要性呢？這首詩以自己要返鄉了，唯一「不捨」的就是將和王維分別。「不捨」兩字沒有直接寫出來，卻可以感受到。這種間接的寫作技巧，是作文時高階的情緒表達。

願君多採擷，此物最相思

只要有明天，
沒有什麼事情是不可能的。

一個人走在蓮花水路上，眼前的景象，都是我所沒有見過的，可是我卻一點也不覺得害怕。彷彿杰哥仍在旁邊陪著我一樣，好安心的感覺。

不久以後，天空的顏色開始產生變化。我發覺腳下踏著的蓮花，形狀好像也不同了。原本是一直線的排列，現在變成橫排。我往前踏上一步，然後右轉，再踏出一步。突然間，整個世界以我為中心，快速旋轉起來。接著，周圍的景物，像是一本摺疊的書，每個物體都有如一張紙，各自有著摺疊的方向，左翻右折的，快速的翻面起來。而我站在中心，卻完全不被影響。

接著，最奇妙的是，天空中浮現出許多字來。那些字，像在玩「連連看」的遊戲，在天上飛來竄去的，最後組合成一首又一首我讀過的王維的詩。這些詩漂浮在半空中，我甚至可以觸摸到它們。每個字都帶著熱熱的溫度。

前後只有三秒左右，世界恢復了平靜。

我驚訝的發現，在我的頭頂上，出現了好幾朵雲。這些雲像３Ｄ電視一樣，播放著幾個不同的立體畫面。

仔細一看，每個畫面裡都有一個看不見臉孔的黑人影。

我走到第一朵雲的面前，看見了媽媽。地點是現在住的家裡。

這就是杰哥所說的，關於我的，未來的選項嗎？

媽媽旁邊的黑人影，我想可能就是二十三歲的我。可惜，我沒有權限看見十年後的我變成了什麼模樣。原來，十年後的我們，還是一起生活的。這畫面讓我感到開心。

然而，當我走到下一朵雲的時候，卻看見變成黑人影的我，出現在日本的畫面。黑人影進出一個我不知道是哪裡的地方，最後，我看見了變得年邁的日本叔叔。我看了很久、很久，始終沒有看見媽媽出現在畫面裡。

我有些難過，繼續走向第三朵雲。在這朵雲前面，我再次看見了媽媽。這裡的媽媽看起來好憔悴，而且好憂傷。怎麼回事呢？黑人影的我呢？我找了很久，終於發現黑人影窩在家裡的一處角落，動也不動。在我的腳邊，有著打破的玻璃罐，和散了一地的藥丸。我心裡一驚，那藥丸是心理醫生開的藥啊。難道十年後我的身心狀況更糟糕了嗎？自己悶悶不樂的，還讓媽媽也跟著憂鬱？

怎麼能夠這樣呢？絕對不可以。

我從原來的沮喪心情，突然，變成有點氣憤了。

親愛的阿立跟杰哥，你們懂我的心情嗎？我當然很難過跟你們分離，當然也會因為失去你們影響我上學或玩樂的心情。可是，如果十年後，我還是這樣，讓憂鬱症更加嚴重，最後拖累了媽媽，那絕對不是我希望的事。

把自己的身體給搞壞了，媽媽會很難過的，不是嗎？這恐怕是比分隔兩地，更壞的狀況。

身旁還有第四朵雲、第五朵雲、第六朵雲……可是，我忽然覺得，我不想要看下去了。關於我的未來，這些都是可能會發生的事情。不過杰哥說，一切都是尚未被決定的，所以我才沒有辦法看到最後真正的結果。

如果是這樣，看再多也是沒有意義的呀。最重要的事情，應該是現在就要回到現實的二〇三〇年的世界，好好珍惜我跟媽媽相處的生活，並且從現在開始讓自己開朗起來才對。

剎那之間，天空又飛過幾隻羽毛絢麗的小鳥。

我閉起眼睛，用力默唸：我要回到二〇三〇年的世界。

頓時，我聞見濃濃的檀香味，身旁的世界又像是剛才那般，一本詩集似的摺疊來、摺疊去。這翻頁的方式，又像是魔術方塊，每一次的翻轉，就會把這蓮花世界，轉回一片二〇三〇年的風景。

終於，在最後一片蓮花世界轉離我的視線時，我瞥見一首詩，浮現在空中：

「紅豆生南國，春來發幾枝？願君多採擷，此物最相思。」

這首詩是什麼意思？

我還來不及思考，這些立體的字就變成粉末，消失在空中。

接下來，我感覺到一陣睡意猛烈襲來。突然非常想睡覺，眼皮變得好重，最後終於忍不住闔上眼睛。

不曉得睡了多久，醒來時，我人已經在家裡。

二〇三〇年，並不是變成一片空地的，我的家裡。

我還記得剛剛回到現代之前，最後在空中浮現的那首詩。我坐到書桌前，在網路上查了這首詩，發現也是王維的詩作〈相思〉。

紅色的豆子產於中國南方，遠去的朋友恰好正是南方人。據說，古代曾經有人因為過度思念對方，哭倒在樹下，落下的淚水，竟然從土裡冒出紅色的豆子來。因此，紅色的豆子也就被稱為「相思豆」。所以，當朋友回到老家，看見紅色豆子的時候，必然也會知道這代表著相思的意義吧。

杰哥說，只要唸起詩來的時候，我們就會相見，或許也是這個意思。

每一首王維的詩，原來，都是回憶裡的相思豆。

從此以後，我真的就再也沒有見到杰哥，或者從唐朝來的任何人了。

在那之後，我患了一場重感冒。

我的體質在這場重感冒時，有了些改變。本來吃螃蟹會過敏的我，居然不會過敏了。體質改變以後，大概我也永遠失去了穿梭古今的能力吧。

高燒不退的那幾天裡，媽媽辛苦的照顧我，讓我想到在蓮花世界時曾看見的未來選項。因此，康復以後，我下定決心要樂觀過生活，不再讓媽媽擔心。

親愛的阿立，當我不再對你的離開抱著悲傷的情緒時，我反而覺得，你更重要了。你好像變成在天上，永遠能鼓勵我的太陽，照耀著我，使我充滿希望。

十年過去了。

從那之後的幾年，我在臺灣念完了中學、高中，以及大學。

每一年，仍然會跟媽媽去日本，也會和日本叔叔碰面。媽媽沒空的時候，我會自己一個人去。我和日本叔叔的小孩悠仁君變成還不錯的朋友。兩個人互相學習日文與中文，還一起去日本的其他地方，進行背包客的自助旅行。

一起旅行時，我偶爾會想起也曾經一起穿梭古今的杰哥和阿倍君。那也算是一種時光旅行。

至於媽媽為什麼會沒空呢？在我不用去看心理醫生以後，她和心理醫生，那位阿姨，變成了好朋友。每星期她都會去醫院當志工，在那裡結識了一群年紀相仿的媽媽們，大家常常會一起去旅遊。

為什麼最後我並沒有被日本叔叔給帶走，其實，我也不太清楚。過去，我沒有多問；現在，或者以後，也不打算問。

我想那是因為，其實，比起日本叔叔到底是不是我爸爸這件事來說，我更在乎的是年紀愈來愈長的媽媽，是不是過得快樂。

媽媽希望我快樂，同樣的，我也希望她快樂。

二十三歲的這一年，二〇四〇年，人們天天嚷著世界快要毀滅，但地球還是如常運轉著，氣候依舊異常，不過，卻沒有當年我跟著杰哥翻閱時間紙筆記本、來到二〇四〇年時那麼誇張。

信義區確實多了很多高架橋，西門町也有水底世界，臺北偶爾會因為豪雨而淹水，不過，捷運並沒有被淹到水底。

這個世界上，有人默默的改變了選項吧，因此，結果也改變了。

二十三歲的我，還在念研究所，一邊在一間二手書店打工。這間書店就在我家附近，說是附近，更正確的說，是在正對面。

書店跟我家，中間隔了一大片新落成的公園，不過，只要站在我家門前或者書店門口，遠遠的，就能看見對面。每次當我在書店裡，整理到中國古典文學書區的王維詩集時，都忍不住將書排得特別整齊。

「雲仔去找個更好的地方打工呀！這裡是我這種老人家待的地方哪。年輕人該去時髦的地方打工才對。快去、快去！」

二手書店的老闆是個爺爺，個性很可愛。他老是要我別在這裡打工了，常說這裡時薪不高，而且客人又少，可能下星期就要收掉了。不過，跟世界沒有毀滅一樣，到了下個星期，書店依然存在。

「爺爺，這書店你要是不開了，我要想辦法頂下來繼續開。」

有一天，爺爺又說下星期要把店收掉時，我這麼對他說。

「頂下來開這沒有人來的舊書店？」爺爺驚訝的問。

「現在都是電子書了，不管是新書或舊書的書店，都愈來愈少，大家都快忘記翻書的感覺。所以，我一定要讓傳統書店繼續存在。除了賣書以外，我還準備賣筆記本跟毛筆。」

「筆記本跟毛筆？賣這種古董，為什麼？」

「這是祕密。」我淡淡的笑起來。

「年輕人，真搞不懂哪！」

爺爺搔著已經沒有頭髮的頭。

也許有一天，我會賣到毛筆先生跟時間紙筆記本呢。

只要有明天，沒有什麼事情是不可能的。

下了班，我站在書店門口，抬頭看著晴朗的天空飄著幾朵形狀美麗的雲。

我跑到便利商店買了一罐啤酒（我終於到了能夠喝酒的年紀），邊走邊喝，抬頭看著雲被風吹過的變化，一步步穿越過書店前的公園。在公園的中央，我坐了下來。

坐看雲起時。

雖然此時此刻，只有我一個人，可是，我卻感覺阿立、杰哥、阿倍君、悠

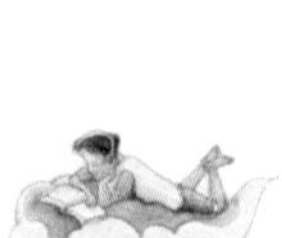

仁君、媽媽和毛筆先生，都跟著我一起看雲。

我忽然想起那一年，遇見杰哥時，他曾經對我說過的一句話：「不管明天會變成什麼樣子，對未來的自己一定要有想像。這樣每一天，你才會感覺生活有重心，有追求的目標。」

當我的目光，投向家門前的那棵大樹時，發現昨天還含苞的花，今天竟然都已經盛開了。

【穿梭古今讀原詩】

〈相思〉王維

紅豆生南國，春來發幾枝？
（ㄏㄨㄥˊ ㄉㄡˋ ㄕㄥ ㄋㄢˊ ㄍㄨㄛˊ，ㄔㄨㄣ ㄌㄞˊ ㄈㄚ ㄐㄧˇ ㄓ）

願君多採擷，此物最相思。
（ㄩㄢˋ ㄐㄩㄣ ㄉㄨㄛ ㄘㄞˇ ㄐㄧㄝˊ，ㄘˇ ㄨˋ ㄗㄨㄟˋ ㄒㄧㄤ ㄙ）

（註：「春來發幾枝」亦作「秋來發幾枝」）

【毛筆先生來翻譯】

產於南國的紅色豆子，春天來臨之際，究竟會發出多少枝枒呢？在南方的你，要是看見了紅豆就請多採幾粒下來吧。採下來，好好珍藏著、看顧著，所有的思念。

【杰哥點石就成金】

以「紅豆」也就是相思豆，象徵著「思念」的典故，委婉的道出思念與珍重友誼的情感。暗示遠方好友，當看見紅豆時，就不要忘記自己。文字上看似只有囑咐對方，其實也透露出自己對友人的思念。

整首詩令人感覺到少年們彼此惺惺相惜，對於青春和情感的熱情。像是「紅豆」有著雙關語的用法，也是作文裡常用的技法。

附錄

詩人生平、其他詩作

盛唐時期有一派詩人的創作風格，偏向從田園生活和大自然的點點滴滴，思索人生、工作和情感等存在的價值，統稱為「山水田園派」詩人。

王維和孟浩然便是「山水田園派」詩人的代表。

王維（約西元六九二——七六一年）

王維，字摩詰，自從父親早逝、家道中落以後，身為長兄的他就和母親，共同挑起全家四個弟妹的生活重擔。母親是虔誠的佛教徒，因此王維從小就在耳濡目染之中，受到佛教思想的影響，以至於晚年以後，在面對官運不順遂和親友離別的憂傷時，作品便流露出濃厚的佛學思想。

王維在年輕時是個積極進取的少年，帶著「路見不平，拔刀相助」的性格，不只會寫詩，又擅長於繪畫跟音樂，在當時真可謂人見人愛、才華洋溢的瀟灑少年。他喜愛呼朋引伴，比如邀約好友孟浩然、日本留學生阿倍仲麻呂一起遊山玩水，將大自然所見所感，和人生的悲歡離合，交織成一首首詩篇，看似在

描山繪水，實際上文字背後卻隱藏著心底澎湃的情感。

他的個性雖然積極活躍，卻也相當脆弱。在朝廷裡任官的王維，遭受到不少現實的挫折以後，漸漸激發了他更潛心深入佛學的研究。原本就對大自然充滿喜好的他，開始過起半官半隱的生活。

晚年的王維喪失了年輕時對於社會的抱負，儘管仍居住在繁華的長安大城，但過著不問世事、十分清簡的生活。

孟浩然（約西元六八九——七四〇年）

孟浩然，字浩然，另有一說，名浩。孟浩然多次進京赴考，都以落榜收場。原本差一點就能夠進入唐玄宗的朝廷裡工作，可是卻因為在皇帝面前，忍不住說出許多誠實的批評和建言，引來唐玄宗的不滿，最後也不了了之。

孟浩然的詩作大多環繞著田園生活或旅遊等題材，經常和王維、張九齡、李白等興趣相投的詩人朋友齊聚一堂，飲酒作詩，四處欣賞自然風光。

孟浩然常將自己在仕途上的不順利，反應在作品裡。他寄情於山水，又忍不住發洩懷才不遇的感觸。雖然如此，他的作品仍展現了高度的藝術技巧，不流於抱怨。文字簡單質樸，不假雕飾，平易近人，處處充滿生活感；乍看之下簡單，但在淡淡的情感之下，卻更綿延出詩作的韻味。

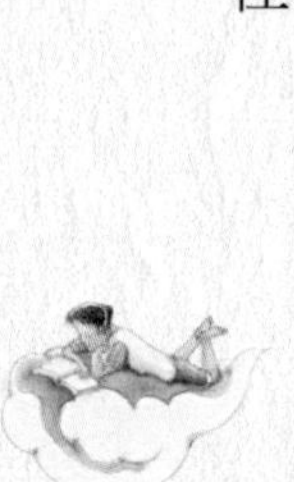

王維

〈送別〉

下馬飲君酒，問君何所之？
君言不得意，歸臥南山陲。
但去莫復問，白雲無盡時。

【語譯】

下馬以後，決定請你喝一杯酒。問起你接下來要往哪裡去呢？你說，因為生活過得不順遂，決定返回老家歸隱去了。是嗎？縱使我好奇你為什麼不得意，但也就不為難你，不再苦苦追問了。儘管照著自己的意思去做吧！只是希望你能明白，不必太在意紅塵的功名得失。人生就像空中飄動的白雲，是永遠沒有絕境的。

〈青溪〉

言入黃花川，每逐青溪水。
隨山將萬轉，趣途無百里。
聲喧亂石中，色靜深松裡。
漾漾泛菱荇，澄澄映葭葦。
我心素已閑，清川澹如此。
請留盤石上，垂釣將已矣。

【語譯】

走過黃花川，經過青溪水，路途隨著溪水的蛇行而千迴百轉，蜿蜒多姿的向著前方流淌。水勢湍急，在山間亂石之中穿梭時，激盪出喧譁的聲音，然而一轉進松林的平地時，又變得相當安靜。微波蕩漾的水面上，搖動起漂浮的菱葉，而在另外一處的池水中，又如明鏡般的清澈安靜，倒映出岸邊的蘆花葦葉。青溪畔純淨的景致，其實代表了我的心境，如此淡薄，如此閒逸。不如就坐在

岸邊的石頭上，讓隱居垂釣的日子作為我的歸宿吧。

〈書事〉

輕陰閣小雨，深院晝慵開。
坐看蒼苔色，欲上人衣來。

【語譯】

空氣中盈滿著雨的氣味，陰霾的天色，卻始終不讓雨落下來。走出屋外，踏入庭園，雖然還沒入夜，卻也懶得推開大門出去走走。那麼就留在院子隨意散步吧！走累了，坐下來，仔細瞧瞧庭院中的景致。綠茸茸的青苔，生意盎然，看著看著，一瞬間，竟覺得那油脆的青苔有了生命，想要蹦上我的衣襟來了。

〈山居秋暝〉

空山新雨後，天氣晚來秋。
明月松間照，清泉石上流。
竹喧歸浣女，蓮動下漁舟。
隨意春芳歇，王孫自可留。

【語譯】

初秋的傍晚，在下過雨的深山裡，空氣如此清新。清澈的泉水幽幽的滑過山石之上，伴隨漸漸暗下來的天色，皎潔的月亮現身，閃閃的月光落在松林樹葉之間。竹林裡傳來陣陣的歌聲笑語，原來是在河邊洗完衣服的少女們準備回家了。順流而下的漁舟滑過湖水，讓兩旁的荷葉紛紛搖曳起來，同時晃動起微微的漣漪。如此美麗的世外桃源，如此純樸的世界，不如就遠離官場，留在這裡生活吧。

〈山中〉

荊溪白石出，天寒紅葉稀。
山路元無雨，空翠溼人衣。

【語譯】

山溪的涓涓細流，從白色的石頭之間竄出，流向前方。天氣愈來愈冷了，秋天殘留下來的紅葉也所剩不多。儘管並沒有下起雨，但穿梭在山路之間，走過存留的霧中翠林，衣服仍然浸染了大自然的溼氣。

〈積雨輞川莊作〉

積雨空林煙火遲，蒸藜炊黍餉東菑。
漠漠水田飛白鷺，陰陰夏木囀黃鸝。
山中習靜觀朝槿，松下清齋折露葵。
野老與人爭席罷，海鷗何事更相疑？

【語譯】

久雨之後的空氣飽滿著溼氣，在靜謐的樹林裡，看見遠方的煙火緩緩的升起，山下農家正在燒火煮飯，把烹調好的藜和黍，送去給在東邊田裡工作的人吃。寬闊而布滿積水的田地上，白鷺鷥翩翩起飛；茂密幽暗的夏日森林裡，黃鸝鳥如歌唱般的啼叫起來。獨處於這樣的深山裡，修身養性，常對著朝槿冥想，或者摘取露葵作為清淡的飲食。這把年紀的我，早就與世無爭，不想跟人競逐些什麼了，那麼世間的人們，就如同天上翱翔的海鷗，怎麼還會無端的猜忌我有什麼企圖呢？

〈山中送別〉

山中相送罷，日暮掩柴扉。
春草明年綠，王孫歸不歸？

【語譯】

白天在山裡送走了遠行的朋友，轉瞬間，此刻竟已是夕陽落下，關起門窗的時分了。當明年春天新綠發芽之際，你是不是還會回來呢？

孟浩然

〈濟江問舟人〉

潮落江平未有風，扁舟共濟與君同。
時時引領望天末，何處青山是越中？

【語譯】

錢塘江退潮以後，江水一片風平浪靜，終於可以出航了。素昧平生的彼此，在此時此刻搭上了同一艘船。忍不住一直遠眺著天際的盡頭，隱隱約約的青山之中，那裡是不是我所嚮往的越中呢？

〈舟中曉望〉

掛席東南望，青山水國遙。
舳艫爭利涉，來往接風潮。
問我今何適？天臺訪石橋。
坐看霞色曉；疑是赤城標。

【語譯】

清晨時分揚帆出發，向著東南邊的方向眺望著，然而此刻距離尚遠，還看不到目的地。那麼就趕緊趁著適於遠航的良辰吉日，趕緊上路，乘風破浪，向著前方邁進吧！你要是問起我，回去以後最想到哪裡？我馬上想起的當然是赫赫有名的天臺山與那裡的石橋。船，一路前行，接近日出時分，坐著遠望天邊映射出紅色的朝霞，剎那間，真讓人以為已經抵達了天臺的赤城哪。

〈宿建德江〉

移舟泊煙渚，日暮客愁新。

野曠天低樹，江清月近人。

【語譯】

把船停靠在江水中一處霧氣朦朧的小洲旁，忽然留心到昏暮的景色，引起了我一番新的愁思。曠野之中，遠處的天空高度，彷彿比近處的樹木還要低。夜幕低垂了，高掛的月亮明明是那麼遙遠，此刻映照在水面上，似乎也和我作伴得如此靠近。

張曼娟學堂系列 014

張曼娟唐詩學堂：

讓我們看雲去（王維、孟浩然）

策　　劃｜張曼娟
作　　者｜張維中
繪　　者｜謝祖華

責任編輯｜李幼婷
編輯協力｜張文婷、劉握瑜
特約編輯｜蔡珮瑤
視覺設計｜霧室
行銷企劃｜陳雅婷

天下雜誌群創辦人｜殷允芃
董事長兼執行長｜何琦瑜
兒童產品事業群
副總經理｜林彥傑
總監｜林欣靜
版權專員｜何晨瑋、黃微真

出版者｜親子天下股份有限公司
地址｜臺北市 104 建國北路一段 96 號 4 樓
電話｜（02）2509-2800　傳真｜（02）2509-2462
網址｜ www.parenting.com.tw
讀者服務專線｜（02）2662-0332　週一～週五：09:00~17:30
讀者服務傳真｜（02）2662-6048
客服信箱｜ bill@cw.com.tw
法律顧問｜台英國際商務法律事務所 ・ 羅明通律師
製版印刷｜中原造像股份有限公司
總經銷｜大和圖書有限公司　電話：（02）8990-2588

出版日期｜ 2017 年 7 月第一版第一次印行
　　　　　2021 年 12 月第一版第六次印行
定　　價｜ 320 元
書　　號｜ BKKNA014P
I S B N｜ 978-986-94959-0-5（平裝）

訂購服務

親子天下 Shopping ｜ shopping.parenting.com.tw
海外 ・ 大量訂購｜ parenting@cw.com.tw
書香花園｜臺北市建國北路二段 6 巷 11 號　電話（02）2506-1635
劃撥帳號｜ 50331356 親子天下股份有限公司

立即購買 >

親子天下 Shopping

有聲故事書

國家圖書館出版品預行編目 (CIP) 資料

讓我們看雲去：王維、孟浩然 / 張維中撰寫；
謝祖華繪圖. -- 第一版. -- 臺北市：親子天下,
2017.07 216面；17×22公分. -- (張曼娟唐詩學堂；2)
(張曼娟學堂系列；14)
ISBN 978-986-94959-0-5(平裝)
859.6　　106008898